# 現代百物語　終焉



岩井志麻子

角川ホラー文庫
21001

# 目次

現代百物語　終焉

# 第一話　一期一会

先日あるアジアの空港ラウンジでワインを飲んでいたら、女性が話しかけてきた。

「冷房、効きすぎですよね。私もビールじゃなくワイン飲んじゃおーっと」

日付の変わりかけた深夜のラウンジは閑散としていて、異国であることを差し引いても何やら現実感が薄く、夢の中にいるのではないかと不安になる空気に満ちていた。

現地の人みたいに日焼けしてラフな格好をした彼女は、若作りしているけれど私とそんなに変わらない年齢に見えた。芸人B子によく似ていたが、B子がおもしろい顔を売り物にしていることから、似ているとは本人にはいえなかった。

ともあれ、てっきり私のことを知っていて話しかけてきたのだと思っていたが、違うようだった。いったんカウンターに行って、ワインのグラスを持って戻ってきた彼女は私の向かいにいきなり座り、こんなふうに聞いてきた。

「会社の出張ですか？　個人で雑貨の買い付けとかしてるんですか？」

この国には長年の愛人がいるんです、と正直に答えるのもためらわれ、観光ですと適当に答えたのだが。一口ワインを飲んで、今までの口調とまったく同じトーンでいった。

「私ねぇ、人殺したことあるんですよ」

やはりこの人は、私が何者か知っているんじゃないかと身構えたのだが。

「私もバカで、独身と嘘ついてた男にだまされて。妻子持ちがばれてもそいつ、開き直ったんですよ。昔は悪かった私、なめんじゃないよって。当時の仲間に頼んでそいつさらって、山に埋めました。あれから十年以上経つけど、まったくバレてない。

そいつもいろいろやらかしてて、私だけじゃなく恨んでる人もたくさんいたから、失踪《しっそう》して行方不明ってことになっちゃった。嫁さんも、せいせいしてるみたい。

嫁さんは私を疑ってるだろうけど、とっとと再婚して幸せになってるから今さら余計な詮索したくもないんじゃないの。

そんなわけで私は、大手を振ってこんなふうに海外旅行とかもしちゃってるのね。

うーん、何の関係もない二度と会うこともない人に、聞いてほしかっただけです」

一方的にしゃべり続けると、じゃあ、と先にラウンジを出て行った。

しばらくして知り合いが、同じマンションの住人が自殺したと教えてくれた。

「芸人のB子そっくりのおもしろいオバサンで、自殺する原因がわからないんですよ」

ラウンジで会った女と同一人物かどうかはわからないが、もし同一人物ならたまたまあの後に私をテレビで見て、二度と会わない女じゃなくさんざんネタにされるかもしれない女だったと衝撃を受け、絶望したのかもしれない。

# 第二話　鬼のお面

町内の子ども会で豆まきをすることになったのが発端、といっていいのかしら。と、私と同い年でもう幼稚園児の孫がいる彼女は少し辺りを見回した。

「うちの孫をいじめる悪ガキがいてね、うちの息子もその奥さんも、悪ガキよりその母親を嫌ってた。悪ガキの親は離婚してて、父親は行方不明だって。女手一つで子どもを育てて立派とも可哀想ともいえるけど、新しい男を引っ張り込んでたわよ〜。

息子の奥さん、いい人だけど日頃のうっぷん晴らしに、鬼のお面かぶって悪ガキにばし豆を投げつけてたわ。もちろん本気じゃないし、ぶつけるのも小さな炒《い》り豆。鬼のお面も、節分シーズンにはどのコンビニでも買える安い紙製のオモチャよ。

豆まきはどの子も楽しんで終わった……はずだったんだけど」

次の日に、悪ガキの母親とその彼氏のホストみたいなのが怒鳴り込んできたという。

「夜になって悪ガキが自分の部屋、といってもそこは二部屋しかないから、母と彼氏の布団がない方の部屋ね。とにかく入ろうとしたら、タンスの影に妙なものがいる。

昨日の豆まきで使った鬼の面をかぶった人がいきなり襲いかかってきて、頭や顔を叩《たた》いて鬼のお面を投げ捨ててから逃げてった。それがうちの息子の嫁だというの。悪ガキは怯《おび》えきって、ちゃんと話ができるようになるには朝までかかったって」

あまりのバカバカしさに、彼女は笑ってしまったという。昨夜は豆まきの後、息子夫婦と可愛い孫と近所の銭湯に入って遅くに帰ってきて、孫が寝た後は息子夫婦と台所で飲んでいたそうで、夜中に嫁が孫をトイレに連れていく音で目が覚めた。

つまり彼女は、息子の嫁のアリバイ証明ができるのだ。それ以前に、鬼の面をかぶって他所《よそ》の家に忍び込んで子どもを殴るなど、普通はやらないだろう。

そういって追い返し、嫁には黙っておいた。息子夫婦は豆まきの後で鬼のお面を持ち帰っており、もし悪ガキ宅で投げ捨てたならなくなっているはずだが、ちゃんとあった。

「その後、ひょんな形でその家のことがテレビで報道されたわ。悪ガキの母親の彼氏が悪ガキを虐待して、逮捕されたって。鬼の面をかぶって悪ガキを殴ったのも彼氏だったんじゃないの。

でも実は鬼のお面もかぶってない、素顔の母親だったんじゃないかな。母親も一緒になって子どもを暴行してたというし。子どもは、母親といいたくなかった。お母さんのために、彼氏だともいいたくなかった。だからうちの嫁にしておいたのかな」

事件のあった後、初めて彼女の息子の嫁に例の話をしてみた。嫁はこう答えた。

「でも鬼のお面つけてるとき、この悪ガキに豆ぶつけるんじゃなくて本当に殴ってやりたいとはずーっと思ってました。私じゃないけど私の生霊かもしれませんよ」

# 第三話　初めての幽霊

「幽霊って、足がないとか半透明とか。違います。死んだ場所にとどまる、恨んでる人に化けて出る、愛していた人を見守っている、そういうのも決まり事ではありません」

生まれて初めて幽霊を見た、でも今一つ実感がわかないと彼女はいう。

「派遣社員として三年、その会社に勤めてました。近くのアパート借りて、のんきな下町暮らし。彼氏はできなかったけど、商店街の人達とはけっこう親しくなれました。

奇跡的に今の会社の正社員になれたんで派遣は辞めて、だから名残り惜しかったけど今も住んでるマンションに引っ越しました。前の町はなつかしいけど忙しいし特に用事もないんで、すっかり行かなくなってしまって。

そしたら先日、知り合いのイラストレーターがその町に近いところで個展を開いて、観に行ったんです。ついでに昔住んでたあたりに寄ってみました。五年は経ってたけど何も変わってなくて、行きつけだった店もみんな変わらずにありました。

よく通ってた気軽な感じの小さなイタリアンの店に入ったら、店長が私のこと覚えててくれました。時間が夕方四時とか中途半端でお客は私しかいなかったんですが、いつも座ってたテーブルにつくと、蘭子《らんこ》って呼ばれてた子が入って来ました。

蘭子ってのが本名かどうかもわからないし、ホステスといってたけどどこの店かも知らないし、とにかくそのイタリアンの店でしか会わない子だったんです。

うわぁなつかしい、と盛り上がりました。私のテーブルに来たから向かい合っていろんな近況報告して共通の知り合いの噂話して、かなり話し込んだと思います。でも、蘭子がトイレに行くと席を立って……それっきり戻って来ない。

店長が来たから蘭子はと聞くと、妙な顔してこう答えました。蘭子ちゃんは死んだよ。

えっ。私今までかなり長く話し込んでたよといったら、君ここに来てからまだ数分しか経ってないよ、だって今、注文を取りに来たんだから、といわれました。

幽霊ってことになるけど、あまりにも普通の生きた人そのものでした。だから全然、怖いって気持ちになれなかった。店長も、仕事で疲れてるんだねと苦笑してました。

店長によると、蘭子は離婚して精神的に病んで、首つったそうです。そこでふと気づいたのが、かなり長く話し込んだと思っていたけど、何を話したかまったく記憶にないということです。離婚の話も、その前の結婚の話も聞いてないです」

それから三日ほどして、彼女は会社の受付嬢に妙なことをいわれた。

「蘭子と名乗る女が私を訪ねてきて、受付嬢が取り次ごうとしたらいなくなってたって。何かいいたいことがあるのかな。でも、それっきりです。もう、あの町には行きません」

# 第四話　ないはずのガラス戸

彼女は田舎の旧家のお嬢さんだそうで、実家は最初に建てたのが大正時代、それから増築や改築を繰り返し、迷路のような状態になっているという。

「うちは本家なんですが、祖父の弟の家族だの父の兄の家族だの、もうぐしゃぐしゃにいっぱい入り乱れて住んでます。実家にいた頃はもちろん私の部屋はあったんですが、進学で上京してからは従姉《いとこ》の部屋になったり姪《めい》っ子の部屋になったりして。

お盆に久しぶりに帰ったら、従姉の孫とか出戻りの姉の新しい旦那《だんな》とその連れ子とか、もうわけわかんないのがさらに増えてて、大きな家とはいっても私の部屋がない。

仕方なく、普段ほとんど使われてない渡り廊下の向こうの離れ座敷で荷ほどきして布団を敷きました。蒸し暑いけど扇風機しかないし、布団は固いし、なかなか寝つけなかった。

そしたら中庭に面したガラス戸を、誰かが外からガンガン叩くんです。ガラス戸にはカーテンが降ろしてあって、ぼんやり見えた影は成人の男のようでした。

だけど、瞬時に変だと思いました。家の人が私に用があるなら、廊下に通じるドアをノックする、声をかけるでしょう。中庭に立ってるってのがおかしい。

それよりも、なんというか影だけなのに不穏な悪い空気というか説明のつかない嫌な雰囲気みたいなものをまとってて、関わりたくない、と感じました。だけど、恐怖感ってのもないんです。泥棒か侵入者かもとも恐れず、放っておけばいいや、みたいな。そいつはガンガン、ゴンゴン、ガラス戸をまた叩いてからいなくなりました。私はそのまま、寝ちゃいました。

起きたら、昨夜のガラス戸ガンガンしてた男は夢だったのかなぁと、まずは考えたんですが。カーテン開けてびっくり。ガラスがないんです。戸はあるけど、木枠だけ。ガラスははまってない。だけど確かに昨夜は、ガラスを叩く音がしてたんですよ。

ご飯を食べに母屋の方に行って、みんな勢ぞろいしてたから昨夜の話をしてみました。そしたらみんななんともいえない微妙な顔になって、何とか話を逸《そ》らそうとするんです。あ、私の知らない家庭内のヤバい話があるんだなとわかりました。短い滞在だったけど、従姉の娘の不倫相手が自殺したとか、父の妹の旦那の弟が何かやらかして逮捕されたとか聞いたけど、それ以上のことが。

ないはずのガラス戸をガンガンしたのが幽霊か生霊かわからないけど、みんな何かしら心当たりがあったんですね。でも、いえない。だからみんな、泥棒じゃないのか、あんたがいるのがわかって逃げたんだよ、とかごまかしてました。だけどないはずのガラス戸を叩くんだから、少なくとも生身の人間じゃないですよ」

# 第五話 橋の下の噂

彼はお父さんの仕事の都合で、海外も含めてかなりあちこち渡り歩いたという。

「実際に体験したんじゃないけど、妙に記憶に刻まれている話があります。地味な地方都市なんですが、ちょうど性の目覚めっていうか色気づく頃と重なってたからかな。

橋の下に男を誘いこんで、五百円でやらせてくれる女がいるっていうんです。噂では元はいいとこのお嬢様だったけど、悪い男にだまされて売られたり殴られたり薬物中毒にさせられたりでおかしくなってしまった、というありがちなエピソードも語られてた。

当時はまだパソコンも携帯も何もない時代だったけど、同級生みんなこの話と女を知ってました。見たいなぁと近隣の橋の下をのぞきこんでたけど、なかなか会えない。まぁ正直、五百円でやれるならやりたい、とも思ってましたね。

でも会えないままに、次の街に引っ越しました。それからしばらくして、パソコンが一般に普及するようになったんです。その女のことを検索したら、噂はいっぱい書きこまれてました。嘘か本当か、実際にやった人の体験談もあった。

元は医者の家の子だとかミスなんとかになったこともあるとか、実は子どもがいるとか。

やった後に五百円じゃなく五円玉を出して殺された男がいる、ってのもありました。

だけど責任能力なし、プラスして親の財力と権力で不起訴に持っていったなんて、まことしやかな後日談もありましたよ。何の根拠もないようだけど、ここんとこは妙に生々しい信憑性《しんぴょうせい》みたいなものがあるなと感じました。

だけど次第にそんな街も噂のことも忘れていって、ぼくは独立して転勤のない職に就いた。だけど出張ってのはあるわけで。何年か前、偶然にもその五百円女がいた街に行くことになったんです。それでまぁ、つい泊まってたホテルに地元のデリヘル嬢を呼びました。来た子はぎりぎり二十代くらいかな。可愛らしくて、でも可愛らしさを別にしてなんともいえないなつかしさ、やっと会えた～、みたいなときめきを感じました。

それで寝物語に、昔この町に住んでいたことを話し、そのときに聞いた噂話もしました。すると彼女、なんともいえない能面みたいな固まった表情になって答えました。

『それ、私のお母さんですよ。五百円も本当、人殺しも本当、子どもがいたのも本当』

なんともいえない気まずい雰囲気になってしまったが、もちろん五百円ではない料金を払った。なぜ君もこんな仕事をしているのとはとても聞けなかったが、お母さんは今どうしているの、とは聞いてしまった。彼女はぶっきらぼうに答えた。

「橋の下で死体で見つかりました。まだ犯人捕まってない。あなたじゃないですよね」

ぼくじゃないよと即座に返したが、その言葉が妙に喉《のど》につっかえてしまったそうだ。

第六話

# アイドルのおっかけ?

アイドルの彼女は、最近わけわかんない幽霊? にストーカーされました、という。子どもの頃からちょっと霊感らしきものがあった彼女は、不気味な存在に気づいて変だな嫌だなと思ってもきっぱり拒絶や頑《かたく》なな無視はせず、わかってますよ~でもこれ以上はこっち来ないでね、といった対応をしてきた。

それがアイドルを職業にするようになったとき、ファン対応にも応用できたそうだ。

そんな彼女が先月、ロケで地方の城に行った。薄闇を背景に撮影しているとき、天守閣の屋根に人が立っているのが見えた。ぴったりした黒い服で、白い帽子をかぶっていた。

顔は見えなかったが、若い男のように感じた。男はいきなりぽーんと飛びあがって、城を囲む塀の上に飛び移った。いくら優れたスタントマンでも、絶対にそれはできないだろうという飛距離と跳躍力だった。

続いてその男は、反対側の塀のそばにある松の木の枝に移った。あの人、人間じゃない。

そこで彼女は硬直した。誰も気づいてない。彼女にしかその男は見えていないのだ。男は城の低い屋根に飛び移る。男は次第に下に降りてきている。

あと何回か飛んだら、自分のすぐ横に来る。そう直感した彼女は、悲鳴を上げた。いったん撮影が中断され、どうしたのとみんなに聞かれた。

そのときもう、謎の男は消えていた。これはいっても信じてもらえないだろうと、彼女はとっさにごまかした。ごめんなさい、足元に蛇がいると見間違えちゃった。

撮影は無事に終わり、あれは何だったんだろうと気にはなったが、忘れることにした。

翌日はテレビの収録があり、楽屋の椅子にかけて台本を読んでいると、向かいの壁に立てかけてある等身大の鏡にちらっと何かが横切るのが見えた。

そのとき楽屋には、彼女と最近担当になった中年女性マネージャーしかいなかった。彼女は赤い服、マネージャーは青い服、しかし鏡に映ったのは黒い服と白いキャップを身につけた人だった。顔ははっきり見えなかったが、若い男だった。

あ、つけてきている。寒気がしたが黙っていたのは、マネージャーがちょっと怖かったからだ。お母さんみたいに心配もしてくれるが、がみがみと小言もうるさい。

やがて収録も終わり、次の現場まで少し時間があったので、そのマネージャーと軽く食事に行くことになった。店の前まで来ると、不意にマネージャーが振り返って怒鳴った。

あんたいい加減にして。彼女もびっくりして振り返ったが、誰もいない。

マネージャーは、テレビ局を出たあたりから黒い服の男がずっとつけてきていたという。何者だったかはわからないが、それからぴたりとその男は来なくなったそうだ。

# 第七話

# 夢の中限定の姉

このシリーズでも何度か書いたと思うが、それぞれみなさん定番の夢というのがある。トイレに行きたいのにどこにもない、絶対に使えない便器しか出てこない、といった全人類共通じゃないかという夢や、現実には行ったことのない街に何度も夢の中で行くとか、わりとよくあるパターンの夢。

私はよく、現実の自宅ではない見知らぬ自宅の夢を見る。それは毎回違う。古い大きな日本家屋のときもあり、平凡な団地のときもあり、東南アジアの水上小屋のときもある。

芸能プロにお勤めの若い彼は、こんな夢の話をしてくれた。

「現実のぼくには弟しかいないんですが、姉が出てきます。夢の中では、えっ、姉なんかいないよとはならず、ごく自然に姉がいることになってます。

毎回、おんなじ人です。お色気美人じゃないですよ。地味な小太りの、大人しそうな人。だから、エロ妄想や姉さん萌《も》えなんかじゃないと思うんですよー。

夢の中で、夢の中にしかいない姉はいつもぼくに相談を持ちかける。酒飲んで暴れる夫と別れたいんだけど、いろいろ考えると別れられなくなる、って。

相談の内容はいつも同じだけど、海辺の防波堤に並んで腰かけてたり、喫茶店で向かい合ってたり、野原にぼくが寝転んで姉が見降ろしてたり、場面はいろいろ。

でもって、ぼくの答えもいつも同じ。旦那《だんな》さん、いつかお酒やめる気がするよ、それまで待ってやりなよ。姉はいつも寂しそうにうなずく」

それからしばらくして、ときどき行く飲み屋に立ち寄ったら彼がいて、隣に女がいた。声をかけようとして、ちょっとためらった。というのも、彼はソファに深く座って目を閉じ、うたた寝しているふうだった。そして隣の女は地味な小太りの大人しそうな、そう、彼がいっていた夢の中の姉みたいだったのだ。

トイレに行って戻ってきたらその女はいなくなっていて、彼は起きて飲んでいた。さっき隣にいたのは誰かと聞いたら、一人で飲みに来ているという。彼は隣に夢の姉がいたのに気づいてないふうだったが、夢を見ていたといった。

「またあの夢を見ましたよ。いつもと違ってて、旦那が酒やめたって姉がうれしそうにしてました。でもぼくはなんか寂しくて、泣きそうになった」

私はなぜか、あなたの夢の姉にそっくりな人が隣にいたとはいえなくて、こういった。

「たとえ夢でも、姉さんにとってそれはよかったことね」

その後、彼はまったく夢に姉が出てこなくなったという。代わりに一度だけ、夢に姉の旦那さんらしき男が出てきて、飲みませんかと誘ったら禁酒したと答えられたそうだ。

# 第八話 獄中結婚を望む女

悪そうな人だと警戒していたらやっぱり悪い奴だった、というのももちろん怖いが。善い人だなと感心、感動していたら、実はそうではなかった、というほうが怖い。

ライターの彼はある事件の裁判の傍聴に行き、傍聴マニアの若い女性に会った。

「ぼくをライターと知ってから、お茶に誘ってきました。美人とまではいかないけど誰からも好感を持たれるほんわかした容姿で、正直ちょっとスケベ心も芽生えてました。

裁判傍聴が趣味って、そんな特殊すぎることではないんですよ」

しかし最大の目標は死刑囚との獄中結婚だと、彼女はいったらしい。これはけっこう特殊だ。

「死刑囚になるまでに堕《お》ちた、追い詰められた人。彼らを救うことによって、被害者の魂の救済にもなるのではないか……みたいなことを真剣に滔々《とうとう》と語るんです。

いろいろな死刑囚に手紙を書いたり、関係者と接触しようとしているけど、なかなか実現までに持っていけないと相談されました」

後に彼は事件ものに詳しい先輩に彼女の話をしたら、こんなふうに返されたという。

「その女、知ってる。でも、彼女の本当の目的は死刑囚をペット化することだよ。

死刑囚は絶対に檻《おり》からは逃げられない、つまり現実に自分のところには来ないから、危険はない。面倒な世話はしなくていいし、面会の交通費や差し入れ代なんてたかが知れてる。でも死刑囚は、この世で一番自分を飼い主として慕い、肉親より頼りにしてくれる。希少な危険動物を飼って自慢したいんだよ、彼女は。なんとなくそういうの、あちら側にも伝わる。だから彼女と獄中結婚したがる死刑囚、いないんだよ」

私はけっこう彼女を怖いと感じたが、同時に好奇心も興味もあった。ライターの彼に、彼女に会ってみたいと頼んだ。そして彼女と直接、会えたのだが。

死刑囚との獄中結婚を夢見る話よりも、印象的な話を聞かされた。

「好きなドラマに出てる子役がすごく可愛くて、スマホの待ち受けにしてたんです。行きつけのコーヒー店でよく会うおじさんがいて、たまたま隣に座ってスマホのぞかれました。今まで私のこと無視してたのに、いきなりうちの畑で採れた野菜をあげるとかで、強引にうちに来ました。でもすぐ帰って、次の日からまた無視ですよ。

オジサン、待ち受けの子役を私の子だと勘違いしてたんです。

独身なのに小学生達の見守りをすると登下校に付き添ったり、地元の子ども会の役員をやったり、すべて小さな女の子と接したいからなんですって。

先日、ついに女の子に悪さして捕まりました。殺すまではいかなかったけど。でもあのオジサンだけは女の子殺して死刑囚になっても獄中結婚は嫌。向こうも断るだろうけど」

# 第九話 元姑《しゅうとめ》の優しさ

バツイチで高校生の息子と暮らす彼女は、深夜に愛犬の散歩をするのを日課にしていた。愛犬は気難しいところがあり、他所《よそ》の犬にケンカを仕掛けたりするし、彼女と息子以外には警戒心を解かず、見知らぬ人にはもれなく唸《うな》るし吠《ほ》える。

無用なトラブルを避けるため、散歩は人通りの少ない時間帯と場所を選んでいた。先日もいつものように真夜中、遊歩道を犬と歩いていたら。ベンチの後ろから唐突に、別れた夫の母親が現れた。あまりの意外さとあり得なさに、棒立ちになった。

実は別れた夫は東南アジアの人で、もう母国に帰っている。その母も、もちろんそちらの国で暮らしている。元夫もこちらに来ているのかと、彼女は思った。

元夫の母が、単独で日本に来られるわけがない。飛行機代や滞在費も絶対に捻出《ねんしゅつ》できないし、外国どころか隣町にさえ夫か息子同伴でなきゃ行けないような人なのだ。

元夫の母はいきなり、彼女にコンビニのビニール袋を押し付けた。そのまま無言で、しかしニコッとしてから背中を向け、まるで溶けるようにベンチの後ろに去っていった。

ぽかんとしていた彼女も、はっと我に返ってビニール袋を開けると、高価なブランドもの男性用腕時計がむき出しで入っていた。

あわてて姑だった人を探したが、もう見当たらなかった。スマホで久しぶりに元夫に電話をかけてみた。てっきり日本に来ていると思った。ところが出てきた元夫は、母国にいるという。そして母も隣にいるという。

さっきお義母《かあ》さんに会ったといったら、何を寝ぼけているんだ、と返された。そしてテレビ電話に変えてみると、間違いなく元夫の家の元夫と姑だった人が映った。

適当にごまかして電話を切り、彼女は大混乱しながらもさらに混乱の元となる腕時計を改めて眺めた。そこへ、息子が入ってきた。そして腕時計を見て小さく悲鳴を上げた。

激しく動揺する息子を落ち着かせて聞いてみると、こんなことをいった。

「オカンに小遣いくれっていいにくくて、つい友達の腕時計を盗んでしまった。コンビニの袋に包んでカバンに隠して、ネットで売るか質屋で売るか、でも怖いからやっぱり返そうかと悩んでた。オカンが持ってるのを見て、バレたと絶望した」

翌日、息子はつい出来心でと友達のところに腕時計を持って謝りに行き、盗まれたと警察に行こうとしていた友達も許してくれたという。

あの姑はいったい誰だったんだと彼女は首を傾げるが、別れたとはいえ孫には違いない息子の罪を消すために現れたのだから、やっぱり姑だったのだと納得した。

そういえば、犬がまったく吠えなかった。犬は離婚後に飼い始め、姑を知らないのだが。

# 第十話

# 叔母《おば》さんのドールハウス

近所に住む同世代の奥さんは、一つ下の妹とは今も仲良しだけれど、一つだけ変な、かみ合わない思い出があるといった。

夏休み、ちょっと冒険しようと姉妹は橋を渡った。その橋は隣町との間にかかっていて、その橋を渡ってまっすぐ行って左に曲がれば、母の妹である生涯独身だった叔母さんの家があった。しょっちゅう、姉妹はその家にも遊びに行っていた。

「だから、橋を渡った後に右に曲がることはなかったの。そっちには何の用もなかったから。だから冒険といっても可愛いもので、初めて右側に行ってみることにしたの」

どのくらい歩いたか、不意にしゃれた洋館が現れた。漫画やドラマでしか見たことのないレンガ造りの二階建てで、姉妹が塀の門扉の隙間からのぞいていたら、ふっときれいなお姉さんが現れた。金髪にピンクのドレスも、よく似合っていた。

「お家《うち》の中、見てみる？　と聞かれたんです。ちょっと迷ったけど、妹とうなずきました。本当に家の中に入れてもらえたんです。ここまでの記憶は妹とぴったり、合ってます」

そこから、姉妹の記憶は違ったものになる。姉である奥さんは、

「お人形の家みたいな可愛い部屋ばかりで、きれいなお姉さんにぴったりだった。

いつの間にか外に出てたんですが、家の中を一周しただけなのにもう日が暮れてた。叔母さんちに行ったら、まぁこんな遅くにどうしたのとびっくりされました。

すぐうちの母に電話して、母が飛んできてすごく怒られました。帰らないから心配して、警察に行くところだったって。きれいなお家に行ってたといっても、そんな家は近所にないと叔母さんも母もいいました。

妹とは一緒に寝てて、夜になって私が話しかけると、妹は泣きながらこういいました。

『あの家、怖かった。家に入ったらお姉さんが消えて、目のぎょろっとした瘦《や》せて気持ち悪いおじさんが、私達をぐしゃぐしゃに散らかって汚い臭い部屋で連れ回した。

廊下の隅に、ピンクのドレスを着た金髪のお人形が転がってて、あっ、これがお姉さんだ、とわかった。人形がぱっと立ち上がって、私達を見てゲラゲラ笑ったよ。むちゃくちゃ怖くて叫んで逃げた。気がついたら、お姉ちゃんと外に出てた』

怖くて、橋を渡っても二度と右側には曲がらなかったんだけど。最近、叔母さんが亡くなって母が遺品の整理をしてたら、古びた人形の家と人形が出てきたの。思い出の中の家と人形そのまんまだったわ。こんなもの持ってたの、初めて知ったと母が驚いてた」

そして古いアルバムに、あの気持ち悪い男の写真もはさんであったという。叔母とあの家と男との関係は、永遠に謎だと彼女はいった。

# 第十一話

# 同行二人

最終の一つ前の電車はかなり空《す》いていて、彼女が乗り込んだときその車両には乗客が五人くらいしかいなかった。やや酔っていた彼女は隣の車両との連結部分のすぐ横の座席に腰かけ、ほんの一瞬ふっと眠りに落ちた。

がくっと頭を落として目が覚めて顔を上げると、反対側の連結部分の隣に、つまり彼女からはもっとも離れた席に、四十代後半くらいの女と三十前後の男が並んで座っていた。

こんなに空いているのにくっついているのだから、連れなのだろう。若くして息子を産んだ母なのか、一回り以上離れた姉さん女房か。ぼんやりと彼女は思ったが、思っただけだ。その二人に、興味津々な訳ではなかった。

再びうとうとっとして、揺れにまた目が覚めると、二人はいつの間にか彼女の正面に来ていた。ほんの数秒の間に二人は、そろって移動したことになる。

これまた、あれっとは思ったが、強い睡魔に襲われた彼女は頭がぼんやりしていた。また目を閉じようとして何かを感じ、顔を上げると。二人は隣にいた。

そこで彼女は、何かがおかしいと気づいた。真夜中の電車の窓は鏡のようになっていて、向かいの窓には彼女が映っている。隣には誰もいない。横眼で見れば、二人は隣にいる。降りる駅はもっと先だったが、次の駅で彼女は降りた。はっきりとした恐怖心はわいてこなかったが、なんだか厄介かも、とは感じた。

そうして自宅マンションが見えてきたとき、あっ先回りされたと舌打ちした。部屋の電気は消してあったが、外灯や月光でなんとなく彼女の部屋の窓辺にぼんやりと、何者かの影が二つ並んでいるのが見えたのだ。

彼女はくるっと方向転換し、近所の霊感が強いといわれるママの飲み屋に寄った。彼女が店に入るとママはすぐ彼女の後ろに向かって、

「ごめんね、今日はもうお客さんいっぱいだから」

と声をかけた。ママにも中年女と若い男が見えたのだ。

「あの二人、電車の中からついてきてたんですが。心当たりがないんです。その前にあの二人、どういう関係なんでしょうか」

「あの二人は無関係よ。どちらもあなたに関係ないように、あの二人もたまたま一緒にいるだけ。あの世の人達って強い理由だけで出てこないし、正当な理由だけで動かない」

一杯飲んでから帰宅すると、マンション前にパトカーが停まっていた。隣の部屋の人が、帰宅したら見知らぬ中年女と若い男がいたと警察を呼んだが、誰もいなかったそうだ。

あの二人、また意味なく隣に一緒に移ったのかな、と彼女はつぶやいた。

# 第十二話 ルーティン

前の話とは何の関係もないし、登場人物もまったくかぶってないのに、なんとなく似た雰囲気の話も聞いた。

小さなローカルテレビ局に勤めている彼は、もちろん優秀さゆえにだが仕事をたくさん任され、さらにスタッフの人数が少ないこともあって残業が多い。独身だし自宅は遠いしで、局の中にある仮眠室にしょっちゅう泊まっていた。

仮眠室は地下にあり、隣に小道具や衣装を収納する部屋、反対側の隣にメイク室、向かいは会議室で、本当に限られた関係者だけが出入りする空間だった。

そこで寝ているときに限って、ある現象が起きると彼はいう。まず、閉めたドアの向こうの廊下を子ども達が集団ではしゃぎながら駆けぬけていく。

そんな真夜中に子どもを撮影するはずがなく、見学に入れることもない。必ず衣装部屋の前からわあっと歓声や足音や気配は始まり、彼の寝ている仮眠室の前を通りぬけてメイク室の方に行き、そこでふっと何もかも消える。

その後はなぜか猛烈にヨーグルトが食べたくなり、近所のコンビニに買いに出る。そのときコンビニ横の自販機の隣に、人が入れるほどの大きなスーツケースが置いてある。かすかに動いているようにも見えるが、怖いから知らん顔する。

「そして仮眠室でヨーグルト食ってまた寝る、というのが必ず決まってる流れなんです。

初めて子どもの集団の気配を感じたときは、スタッフ達に聞きましたよ。だけどそりゃ寝ぼけてたんだ、子どもなんか真夜中にいないよ、としかいわれなかった。

それにぼく、普段はヨーグルトなんか食べないんですよ。そのときしか食べたくならない。コンビニの隣のスーツケース、これも普段は見かけません。ぼくがヨーグルト買いに出たときだけ置いてある。

とにかく、子ども、ヨーグルト、スーツケース、三つ必ずセットになってるんです。この意味がさっぱりわからない。いや、本当にセットになっているのかどうかも謎ですね。何の関係もないことが、いつもたまたま重なってしまっているのかもしれないし。

だけど、それ以上の怖いことは何もないから、放置してます。ってか、対処の仕方もわからないし。する必要もないし。

だけどたとえば、子ども達の気配がしたときバーンとドアを開けたら。ヨーグルトじゃなくアイス買ったら。変なスーツケースがあると通報したら。絶対、本気で怖い目に遭う気がします。

だから、淡々とルーティンこなしますよ、そう、本業と同じく」

# 第十三話　美女と婆さん

ほぼ同い年の編集者の彼は、幽霊なんか見たことないけど、あれって志麻子《しまこ》さんが喜びそうな話ではあったのかなぁ、という前置きで語ってくれた。

たぶん小学生くらいの頃、父方のお祖父《じい》さんと一緒に田舎の道を歩いていた。トンボの飛ぶあぜ道や小さな魚の泳ぐ小川などは今も記憶の中で鮮明だという。

何よりも覚えているのが、なだらかでのどかな山道を歩いていたら現れた、子ども心にもどうしてこんなところにこんな豪邸と美人が、と唐突さと違和感を抱いた家と人だ。

旅館と見まがう立派な日本家屋があり、玄関先にきれいな着物の女優みたいに美しい女がいた。何を話しかけられたかは忘れたが、彼に微笑みかけて何かいい、隣のお祖父さんは軽く何やら挨拶《あいさつ》してから彼の手を引いてそそくさとその場から離れた。

しばらく行くと朽ちかけの掘っ建て小屋が現れ、中には不気味な山姥《やまんば》みたいなお祖母《ばあ》さんが中に居た。土間にしゃがみこんだお祖母さんは焚火《たきび》の上で禍々《まがまが》しい汚れた鍋《なべ》で嫌な臭いの何かを煮ていて、ちらっとこっちを見たけれど無表情で無言だった。

その場も立ち去り、そこからちょっと記憶は途切れるが自宅に戻っていた。そのときは山の中で見た豪邸の美女と掘っ建て小屋の山姥の話は特にしなかったが、しばらくしてまたお祖父さんの家に行ったとき、その話になった。

するとお祖父さんは豪邸の美女なんていないといい、こんな話をした。

「確かにそこに家はあったけれど、そこのお祖母さんが厄介な病気にかかって、昔のことだし金もないしでほとんどその家に療養という名の監禁をされ、たまに家族が様子を見に来るだけだった。豪邸じゃない、むしろ貧しい小さな家だ。

お前と歩いてたら、そこのお祖母さんに声かけられてちょっと困った。完全にアタマがあれになっていたから。ついこの前、死んだよ。家も取り壊された」

その後の不気味な掘っ建て小屋と山姥みたいなお祖母さんについては、こういった。

「ありゃ、そこそこ客の来ている食堂だ。小ぎれいな店だし、そんな年寄りじゃなかろう。そう若くもないけど色っぽい愛嬌《あいきょう》のある年増で、山菜使った手作りの名物カレーはテレビでも地元の新聞でも何度も紹介されている。

あんとき、お前と食っただろう。オバサンも優しかっただろう。なんで忘れたんだ」

二人の女と建物が混ざりあい、混乱した記憶となってしまったのか。そのお祖父さんも、もう亡くなった。法事で久しぶりに故郷に戻った彼は、父からこんな話を聞かされた。

お祖父さんには愛人がいたらしいと。なんとなく、あの女のどちらかだという気がした。

いろんな意味でどちらの女なんだろうなと、彼はなつかしくあぜ道を思い出した。

# 第十四話

# 山小屋の死体

彼女が小学生の頃、大好きだった叔母《おば》さんが失踪《しっそう》した。三十代になったばかりの独身で、いい会社に勤めていた。きれいで優しくて、憧《あこが》れの大人だった。

捜索願は出したが、一年近く経っても不明のままだった。叔母さんの両親や姉、つまり彼女の祖父母や母も、失踪の理由がわからないといつもため息をついていた。

彼女は子ども心にもぼんやりと、祖父母や母は何かを隠していると感じていた。実際、叔母さんは会社の上司と不倫し、他にもいろいろな男がいたらしい。

彼女の前で家族や親戚《しんせき》は黙っていても、どこからかそういう話は聞こえてくるし、子どもでもわかるものだ。そして子どもでも気を遣って、知らない振りをしているものだ。

叔母さんがいなくなって一年ほど過ぎた夏休み、彼女は親友の家族旅行に誘われて、親友の父親の故郷に行った。山河と田んぼに囲まれた、美しい田舎だった。

滞在中、親友と近所を探検と称して歩きまわっていたら、鬱蒼《うっそう》と茂る雑木林の中に山小屋のような建物を見つけた。少し廃墟《はいきょ》っぽいので怖かったが、二人して入ってみた。

天井から首を吊《つ》った男らしき死体がぶら下がり、隅には首のない女らしき死体が転がっていた。二人は泣き叫びながら飛び出し、必死に家まで走った。しかし彼女は、なぜか女の方は知った人のような気がしてならなかった。

親達に山の小屋で死んだ人を見つけたと話し、彼らは警察に知らせた後、駆けつけた警官とともに現場に向かった。そこは、親友の本家が所有する農機具などをしまっておく小屋だった。

二人はさすがに同行しなかったが、親と警官達はすぐ帰ってきた。小屋には何もなかったという。子どもの嘘かと疑われたが、あんな激しい怯《おび》え方と泣き方は演技でできるものではないとも親達はいい、しかし実際に死体はないので何かの勘違いで収まった。

その後も親友とは仲良しのままで、就職して互いに結婚して今に至るも友情は続いている。けれどあのときの怖い経験は、二人の間で禁忌となっていた。

その後は一言も、それについて話したことはない。あれからも親友の父親の故郷には行ったが、親友の親の一家もまた一言もふれない。

「すべて何の証拠もないし証明なんてできないんですが、私はあれ、叔母さんだったんじゃないかと思います。男の方は彼氏かだれかで、たぶん叔母さんを殺して自殺した。だけどあの小屋が現場ではないでしょう。別の場所ですよ、殺したり死んだりした場所は。無関係な親友の故郷で見たことに何か意味はあるのか、親友まで見てしまったのはなぜか、何もかもわかりません。叔母さんは今も行方不明のままです」

# 第十五話 離ればなれになった兄妹《きょうだい》

同じマスコミ業界にいる彼と彼女が兄妹だというのは、わりと知られていた。けれど兄妹が幼い頃に親が離婚していて、彼は父方、彼女は母方に引き取られた。

幼い頃ともに過ごした記憶はどちらにもあったが、そのまままったく会うこともなく育ち、同じ業界に入ったのも互いにわかっていたが再会しようとはしなかった。

私はどちらとも、軽く会ったことがある。まだどちらにも、長年会ってない兄妹がいるなど知らなかった頃だ。二人は別々に、こんな話をしてくれた。

「妙に印象に残っている出来事なんですが、小学生の頃に友達に連れられて、その友達の友達の家に遊びに行ったんですね。

田舎で夏だから、どこも窓とか開けっ放しでした。玄関先でこんにちは~といったら、鍵《かぎ》は開いてるから入ってきなさいよと、その家のお母さんの声がして。

あがってリビングに入ったら……友達の友達がお母さんに両足を持たれて逆さづりにされてました。その子は女の子だったんですが、だから髪の毛が長かった。

テーブルにべちゃーっとジュースか何かこぼれて広がってて、なんというかその子の髪の毛をモップ代わりにして拭《ふ》いてたんです。女の子は涙目でじっとされるがままでした。

その後、どんなふうにその家で友達やその子と遊んだか記憶にないんですよね。だけどなんか気になって、何日かしてこっそり一人でその女の子の家をのぞきに行きました。リビングがある方は庭に面していて、庭といっても門扉も塀もなくて道路にそのまま接してるから、簡単に入っていけました。サッシ戸は開いてて、例のお母さんと女の子がいました。お母さんまた女の子の足持って逆さづりにして、床を髪の毛で拭いてました。

ときどきゴンゴンと頭がぶつかるんだけど、女の子はじっとしてた。

怖くて、それ以降は行かなくなりました。連れてってくれた友達とも、その話はタブーになって、どちらからも持ちださなかったな」

「小学生の低学年くらいだったかなぁ、すごく鮮明な記憶なんですよ、この話。

通学路は集団下校だけど、ある角を曲がったら私一人になるんです。うちがすぐそこだから。その日も一人きりになったら、ふっと知らないおじさんが現れました。

おじさん、男の子用の服と靴を持ってました。で、停まってた小型トラックの荷台を指差しました。そこに、真冬なのに素っ裸で縛りあげられた男の子がうずくまってました。悪いことばかりするからだっておじさんにいわれて、怖くて逃げましたよ」

彼女は別れた父と兄に会って、彼は別れた母と妹に会っていたように思えて仕方ないのは私だけだろうか。二人が会おうとしないのも、これが理由のような気がする。

# 第十六話 皮膚の真っ赤な人間

彼女は女子大生の頃、地元の商店街にあるカフェでアルバイトをしていた。そろそろ閉店の時間、もう一人の同世代の女の子のバイトと、まったく客がいなくなったので壁際に立ったまま軽く雑談していた。

経営者で店長の女性は奥に引っ込んで、在庫チェックや事務的な処理などをしていた。ふと、バイトの子が出入り口を見た。彼女も、誰か入ってきたと見た。もう終わりなのになぁと思いつつ、席に案内しようとして、あれっと顔を見合わせた。

誰もいない。誰か入ってきたよねぇ、だよねぇ、と二人は首を傾げあったのだが。突然に同僚バイトの子が、うわーっと悲鳴を上げて泣きだした。えっ、何と彼女が驚くと、泣き声を聞いた店長も奥から出てきた。

同僚のバイトは震えながら、お菓子や雑貨を陳列してある棚を指差した。その上を皮膚の真っ赤な人間、たぶん女と思われる人がピョンピョンはねていたという。悲鳴を上げたら、それはふっと消えたそうだ。

気のせいだよと、彼女はいえなかった。そんな変なものは見てないが、さっき誰かが入ってきたと思ったとき、さっとドアのところに赤い色が見えたのだ。赤い服を着た人が入ってきたと記憶していた。

お菓子や食器の上を人がピョンピョン跳ねたら、箱がつぶれたり皿が割れたりするじゃないの、ありえないわと店長が怒る。確かに誰かが入ってきたのは見た……と彼女もいえなくなり、何かの目の錯覚で無理やりに収束、終了させた。

しかし店長も何か気になったようで、自分がカフェの経営を始めてからは変なことは何もないけど、前に商売していた人に何かあったのかもと、不動産屋に出向いたりいろいろ聞きこんできた。

店長のカフェの前は老夫婦の喫茶店だったが、歳を取って故郷に戻っただけで、円満な出ていき方だったとか。その前は倉庫だったそうで、そこでも何事もなかった。

それだけが理由ではないが、そのバイトの子は辞めてしまった。次にバイトに入った若い主婦も、その真っ赤な変なピョンピョンする人を見てしまった。その主婦は天然というのか、まぁ危害を加えられないならいいわと笑っていた。

それ以降も彼女はバイトを続け、彼女だけは結局その真っ赤な人を見ないままだった。

卒業して就職してカフェを離れて長らく経ち、帰省したとき店長が亡くなったというのでお葬式に出向いたら、棺《ひつぎ》の上で真っ赤な人がピョンピョンしていて、しかしそれは彼女にしか見えていなかったのだった。

# 第十七話 死者の臭い

彼は霊感0で生きてきて、今まで幽霊なんか見たことはなかったという。

そんな彼があるとき、所用で少し遠くの町に車で出かけた。駐車場に停めて車から出たら、突然今まで嗅《か》いだこともないような悪臭が鼻を突いた。

「どう表現していいかわかんないですよ。真夏の生ごみ、途上国の汲《く》み取り式トイレ、そういうのが近いけど、なんか決定的に違うな。

とにかくすごい臭いがしてて、これはヤバいと本能的に感じました。それでちょっと歩いたら、ある車から漂ってくるのがわかったんです。近くに停めてあった何の変哲もない黒い大衆車ですよ。別にすごく汚れてるってこともない。

だけどこれ、もしかして死体の臭いじゃないかという気がして、通報すべきか迷いました。そしたら次々と駐車場に車が入ってきて、停めたら当然ドア開けて外に出るし、例の車の前を通るんだけど、誰もが平然と素通りしてる。臭い素振りを見せる人は一人もいない。

えっ、ぼくだけに臭ってんのか。気味悪いけど仕事の待ち合わせの時間も迫ってたから、駐車場を出ました。とりあえず仕事を終えて、またあの駐車場に戻ってきたら、あの臭い車は出ていってました。もう、臭いはどこにもなかった。

　変なこともあるなぁと思ったけど、しばらくすると忘れました。でもまたあの町に、今度は電車で行ったんですが。隣に、瘦《や》せた顔色で目つきの悪い男が座ってて、そいつからたまらない悪臭がするんです。あの車の臭いとおんなじ。

　でもって臭いと感じるのはぼくだけ、他の乗客はみんな平然としてる。だけどぼくは、隣の男はあの車に関係していると直感しました。あの車で殺したか、あの車で死体を運んだか、あの車に死体を隠していたか、そこまではわからないけど。

　でも、こんなので警察には行けませんよ。ただ臭いなんて、証拠にはならないし」

　それからしばらくして、彼は出張で地方都市に行った。駅前のビジネスホテルに宿を取り、仕事を終えて飲んで疲れて、明け方近くにやっとベッドに入れた。

「すぐ、眠気に襲われたんですが。不意に鼻先に、あの臭いがしました。うわっ、ついに被害者が来ちゃったよ。わかったけど、いや、わかったから目を固くつぶって開けませんでした。でも、鼻はふさげませんからね。

　怖いし臭いけど目をつぶってたら、疲れと睡眠不足からすうっと寝入ってしまいましたよ。でも、それ以来なんにも臭わないし、変な目にも遭いません」

　正直、彼に初めて会ったとき、この人は長く風呂《ふろ》に入ってないのかな、単に体臭が強いのかな、と思った。次に会うと、無臭だった。残り香が消えたのだ。

# 第十八話 夢の中で描いた絵

怖い話というより、不思議な話、いや、変な話なんですよ。と、うちの息子くらいの某局のADくんはいう。それは彼がまだ、実家で親と同居していた学生の頃のことだそうだ。

自分の部屋のベッドで寝ていたら、いつの間にかベッドの脇に女が立っていて、

「早く続きを仕上げてよ。みんな待ってんだから」

といった。後から思い出してみると、何もかもが変だった。いつの間にか入り込んでいたその女が誰なのかもわからないし、なのにどうして素直について行ったのかもわからないし、そもそも続きとは何か、みんなとは誰と誰なのか。

ふっと気がつくと朝で、彼はいつものようにベッドに寝ていた。なんか変な、でも妙にリアルな夢を見たなぁと思った。見知らぬ女が来て一緒に外に出て、どこかの公民館か学校みたいな建物の部屋で、キャンバスに向かって絵を描いていた記憶がぼんやりとある。

それらをすべて、夢だと思った。ところが台所に行くと朝食の支度をしていた母が、

「昨夜、コンビニにでも行ってたの？　あんた帰ってきた後、鍵《かぎ》かけなかったでしょ。朝、新聞とりに玄関に出てキャーッとなったわ。ここら辺も泥棒騒ぎはあるんだから、戸締り

はちゃんとしてよね」

などというのだ。えっ。自分はコンビニなんか行ってない。どこにも出かけていない。もしかして、本当に見知らぬ女が入って来て、その人と一緒にどこかに出かけたのか。けれど、その記憶はない。いや、絵を描いていた夢の断片がある。何の絵かは思い出せない。記憶というより夢。しかし彼は絵を描く趣味もない。

出かけてないよといったら、あんたが玄関を出ていく音で目が覚めたという。三十分もしないうちに戻ってきて、その音でまた目が覚めたとも母はいった。母の隣で寝ていた父は熟睡していて、まったく気づかなかったというが。

「何が何だかわかんないけど、その変な話はいったんそこで終わります。その後、見知らぬ女がまた来ることもなく、ぼくが不可解な外出をすることもなく卒業して就職して実家を出て……仕事で、初めての土地に行ったんです。実家からもかなり遠い土地でした」

駅前の食堂にみんなで入ったら、壁に絵が掛けられていた。あまり上手ではない女の肖像だった。しかし見た瞬間、あの女だ、そしてぼくが描いた絵だ、と直感したという。

「だけど食堂の人に、あの女性は誰ですか、絵を描いたのは誰ですか、とは聞かなかった。なんか絶対に嫌なことが起きそうというか、怖いことを聞かされそうだったので」

おそらくもう、その土地のその食堂に入ることはないし、あの女にも会わないでしょうと彼はいった。記憶にないですが、ぼくは彼女にひどいことをしている気がしますとも。

# 第十九話

## 隣に住む騒がしい家のオバサン

彼は小さい頃、お父さんが当時勤めていた会社の社員寮に住んでいた。２Kの狭さでも、両親と幼い男の子という家族構成には充分だった。

「たまに友達が来るとか、父の同僚や親戚《しんせき》が来ることはありましたが、親もあまり家にお客さんを大勢呼ぶ性格じゃなかったんで、静かな暮らしだったんです」

とはいえ、何らトラブルも心配事もない生活だったのではない。来たときから気づいてはいたが、寮のすぐ近くにある一軒家にちょっと妙なオバサンがいた。穏やかでニコニコしているが、

「うちはお父さんの同僚に釣り仲間、野球チームの面々も来るし、図体の大きな息子もドタバタしている上に大勢の友達を連れてくるし、私も自宅をお教室にして教えてるから大勢の子どもが来て、いつもうるさいでしょう、ごめんなさいね」

彼や彼の両親に顔を合わせると、いつもこんなことをいっていた。

「でも、オバサン家っていつもうち以上に静まり返っているんです。だってオバサン一人暮らしなんですよ。旦那《だんな》さんも息子さんも見たことないっていうか、いません。

来客も、一度も見たことない。洗濯物も、いつもオバサンのだけ干されてるし。

うちの親も最初にそういわれたときは、信じ込んだんですが。次第にあのオバサンちょっとおかしい、とわかってきました。だけど、それだけです。変な因縁つけてくる、騒ぐ、危害を加えようとする、そんなトラブルは一切ありません」

同じ社員寮の人達も別の土地から来た人ばかりで、オバサンについて誰もよく知らなかった。その後、お父さんが新築マンションを購入して一家は社員寮を出た。

それっきり、社員寮のある町には行かなくなったのだが。大学生の頃、バイト先で偶然にも同じ社員寮に住んでいた一家の奥さんに再会した。その奥さんは、こんなふうにいった。

「あなたの家はいつもにぎやかだったねぇ。お父さんの趣味の仲間がいつも大勢来てるし、あなたの友達もしょっちゅう来て騒ぐうえに、お母さんのお教室の生徒だとかいう子達も毎日のように出入りしてたし。

うちとお宅は一階と二階の端と端で、そんな響きはしなかったけど」

絶対にそんなことはない。と反論したかったが、何かが押しとどめた。そして、もう忘れきっていた当時の奇妙な隣人のオバサンを思い出した。

「隣の一軒家のオバサンを覚えていますかと聞いたら、寮の隣は空き地で家なんかないというんですよ。気になって実家に電話したら、あ〜あの変なオバサンの家ねと、親はすぐ思い出してくれました。オバサンちの家族や来客は、うちに来ていたのかな」

再会した奥さんともそれっきりで、今となっては何も確かめるすべはないし、必要もない。

# 第二十話 深夜の美人客

行きつけの店の同世代のマスターがまだ店を持ったばかりの頃、ちょっとびっくりするほどの美女がふらっと一人で入って来たことがあったという。

ちょうどそのときは他に誰もおらず、美女と二人きりとなった。カウンター席に座ったから、当然マスターは彼女と差し向かいで会話することになる。最初はあたり障りのない近隣のおいしい店の話、他愛ない芸能人の噂話などしていたのだが。

酒が回ってくると、彼女は身の上話を始めた。それがいきなり、

「私、人を殺したことがあるんです」

といったのだから、とっさの返答に困った。マスターが絶句していると、

「刑務所に七年入ってて、出てきてから五年経ちました」

などと、淡々と続けた。とっさにマスターは、深夜に見知らぬ密室で男と二人きりになったので、襲われないよう怖い女を演じているのかとも思ったが、そんなのだったら最初から女一人で見知らぬ飲み屋になど来ないだろう。

「私、博多《はかた》の繁華街にある店でホステスしてたとき、内縁の夫みたいになったのがそこら

を仕切る組の、結構な幹部でした。すごい暴力ふるう人で、でも稼がせるために顔は殴らない。本当に毎日、いつ殺されるかってほどの地獄でした。

逃げても逃げても、手下が追ってくるんです。絶対に逃げられない。必ず連れ戻される。だからある日、ついに刺し殺してしまいました。情状酌量が認められて、殺人だけど早くに仮釈放ももらって短期刑で済みました。私、模範囚だったし。

出所してから大都市のミナミや銀座《ぎんざ》に移ったんですが、絶対に彼の手下がやってくるんです。兄貴を殺した女ってことで、ずっとつけ回されて脅され続けて。

だから私、ものすごく整形しました。何度か偽装結婚して名前も変えて、とにかく別人になって逃げ回りました。でも、ダメ。絶対に嗅《か》ぎつけられて見つけられる。

さっきも通りの向こうに手下の一人を見つけたんで、あわててこの店に駆け込みました。ここに追いかけてこないから、そいつは私に気づかなかったんだと思います」

どうしたらいいものか、若かったマスターも困った。警察に届けようにも、手下を遠くに見つけたというだけだ。それに、もしかしたらすべては彼女の妄想かもしれないのだ。

そうこうするうちに、彼女は支払いをして出ていった。マスターは怖いので、しばらく店でじっとしていた。その夜は特に何事もなく、その後もずっと何事もなかった。

それが先日、あるガード下で女のホームレスを見かけた。不意に、昔のあの謎めいた殺人者の美女を思い出した。彼女もマスターを見て、ひどく怯《おび》えた顔をしたそうだ。

# 第二十一話 死後の部屋を見ていた

彼女は、今はまったく普通の幸せそうな奥さんだが。十年ほど前、二十代前半の頃はいろいろあって荒れた生活をしていたという。

「地元から離れた地方の風俗店に勤めたのは、小ぎれいなワンルームの寮があったから。いろんな訳ありの子がいて、深入りせず適当に付き合ってたんですが。トミカって子とは仲よくなって、互いの部屋を行き来するようになりました」

トミカに限らず、そういうところにいる子は本名や素性など隠すのが普通だ。彼女ももちろん身の上話は偽っていたし、信じたふりをしてやるのがお約束で礼儀だった。

「本当は社長令嬢で留学もしてたとか、芸能人と付き合ってたとか、ありがちな嘘ついてましたけど。風邪ひいたら看病しに来てくれたり、ストーカーっぽい客を怖がってたらしばらく匿《かくま》ってくれたり、優しいところもある良い子ではあったんですよ」

だから、トミカの嘘というよりホラ話はそんな気になるものでもなく、はいはいと聞き流していたのだが。一つだけ嫌な気持ちになる嘘、というより妄想、幻覚があった。

「突然、部屋に虫がたくさんいる、と騒ぎだすんです。百匹くらい蝿が飛んでる、床いっぱい蛆《うじ》が這《は》い回ってる。これって典型的な覚醒剤《かくせいざい》の症状っていうか後遺症でしょ。

本人にも何度もいいましたよ。あんた今も覚醒剤やってるの、それとも過去のフラッシュバックかって。そのたびに顔色変えて怒り出すんです。そんなのやってないしやったこともない、あんたこそこんなにいっぱいいる蠅や蛆が見えないのはおかしい、って」

その発作的な蠅と蛆の幻覚はいつも起こるわけではないので、見えると騒ぎだしたら窓を開けて逃がす真似、掃除機をかけて吸い取るふりをしてやると収まったそうだ。

それからしばらくして、トミカは突然いなくなった。彼女も数日前から、連絡が取れなくなっていた。これも、その世界では珍しいことではなかった。

トミカが欠勤ではなく、いなくなったと店側が気づいたのは三日ほど経った頃で、それは悪臭と突然のおびただしい蠅と蛆の発生によってだった。八月、真夏のことだ。

「トミカ、大量の薬とお酒を飲んで部屋の押し入れで死んでました。蠅と蛆は腐りかけたトミカにたかってたんだけど、あの子は死後の部屋を垣間《かいま》見てたのかな」

それだけが理由ではないが、彼女も直後に店をやめて絶縁状態だった家に戻った。不気味なことに、差出人がトミカ、宛先《あてさき》にはきっちりと彼女の本名を記した手紙が届いていた。トミカに、本名と実家の住所を教えた覚えはなかったのに。

「私のいったことは本当だったでしょう。と書いてありました。トミカのことを思い出そうとすると、本当にあの部屋は蠅と蛆がいっぱいいた、と浮かんできますね、今では」

# 第二十二話　遺品——猫のぬいぐるみ

「そのお葬式、亡くなった人も参列者も私と血縁関係にある人はいませんでした」

彼女は私より二回りも若いけれど、田舎に嫁いだ人の話としてはうなずけるものがあった。近所で葬式があれば、女性は勤めを休んででも手伝いに行かなければならないのだ。

「私は嫁いで間がなくて、見知らぬ人ばかりでした。ただ仏さまがまだ三十にもなってない娘さんで、どうも自殺らしいんです。だから、異様な雰囲気ではありました。娘さんのお父さんは立てないほど酔ってるし、お母さんは棺《ひつぎ》の前で泣きっぱなし。姉妹らしい人達が激しくいい争ってるし。遺影はきれいな顔してて、私も涙が出ましたよ。

棺を安置してある部屋の隣の部屋で、私も含めて奥さん達がお茶入れたり弁当の用意したりしてたんですが。お茶持ってって祭壇を見たら、亡くなった娘さんの遺品らしき猫のぬいぐるみが置いてあったんですね。どうってことないぬいぐるみなんだけど……。

なんか目が生々しいというか、生きているみたいな感じで、本当に私と目があったんです。なんか怖くて目を逸《そ》らして隣の部屋に戻って。また用事があって棺の部屋に行ったら、ぬいぐるみが動いてる。真横を向いてたんです。

もちろん、誰かが動かしたってことも考えられるんだけど、私にはぬいぐるみ自身が動いたとしか思えなかった。ぞっとして隣の部屋に戻って、でもこんなこと誰にもいえないですよね。もう棺の部屋に行きたくなかったけど、そうもいかなくて。

次に行ったらぬいぐるみが消えてて、ぎょっとしたけど誰かが棺に入れたのかと思いました。私達は近親者じゃないので棺の中の娘さんと、最後の別れというのはしなかったんですが。遺影の故人とよく似た、たぶんお姉さんと思われる人が突然、にゃあにゃあって猫の鳴き真似を始めました。ふざけてるんじゃなくて、精神的にキちゃったんでしょう。

でも私には本物の猫の真似じゃなく、ぬいぐるみになりきってると感じました。ぼくを連れていかないでにゃあにゃあ、とかいってるし。その人の旦那《だんな》さんらしき人が、あわて て羽交い締めにして別室に引きずっていきました。

なんだかいたたまれなくなり、トイレに行きました。そうしたら、ぬいぐるみがドアの前に置いてありました。歩いてきたとしか思えない。また目があって腰が抜けました。床にへたり込んでたら、さっき鳴き真似してたお姉さんがやってきて無言でぬいぐるみをつかむと、また棺のある部屋に足音高く戻っていきました。たぶん棺に入れて、亡くなった娘さんと一緒に焼かれたんでしょう」

帰宅して夫に塩をかけてもらったとき、にゃあという声を聞いた。本物の猫でも亡くなった娘さんのお姉さんの声でもなく、絶対にぬいぐるみの声だったと彼女はいう。

# 第二十三話

# 裁ちバサミオバサンの未来

「三十年くらい昔のことだから、私は幼稚園児でした」

と彼女がいったとき、あれっとは思ったが黙っていた。てっきり私と同世代だと見ていたから、彼女が幼稚園児の頃なら五十年くらい昔のことになるだろうと計算した。老けてますね、などと女性に向かっていえない。

「遊園地じゃなくて、地元のデパートの屋上に設置された遊具が置いてある一角でした。親はその近くのベンチに腰かけて、私と姉は硬貨を入れるとガタガタ動く動物の乗り物に跨《また》がっていました。なんでもない平穏な景色が、今も浮かびます。

突然、わあっと辺りが騒がしくなって、親がものすごい形相で走ってきて私と姉を抱きかかえて階段の方に連れ去りました。他にも、そんな親子がいっぱいいました。

いきなり乱入してきたオバサンが裁ちバサミを振り回しながら、わけわかんないこと叫んでたって。すぐ警備員や警官に取り押さえられて、ケガ人も出なかったんですが。

地元の新聞やニュースにも出たし、近所回りや学校でも話題になりました。オバサン、『商売に失敗してお酒に溺《おぼ》れて暴力振るうようになった旦那の元から、娘を連れて逃げた。

そこで新しい男と知りあって一緒に暮らすようになったけど、男は最初から私の娘が目当てで、娘と無理やり関係をもって妊娠させた。

娘と新しい夫はそのまま逃げて、私は独りぼっちになってしまった。幸せそうな家族連れが憎くて、たくさん殺して自分も死のうと思った』

というようなことを警察で供述したらしいんです。でも後からわかったのは、オバサンは娘さんの頃から精神的な病気があってずーっと独身のまま働くこともなく、ずっと家にいて老いた親や兄が面倒見てたって。ときどき病院にも行ってはいたそうですが」

彼女にはいえなかったが、そのデパート屋上の情景を想像しようとすると、裁ちバサミを振り回すオバサンは彼女そのものになってしまうのだった。

「可哀想なオバサン。子ども心にも、怖いというより悲しくなりましたよ。

いつからか次第に、あれはタイムスリップっていうのか、時空のゆがみがあって、未来の私自身だったのかもしれないな、って思うときもありました。ちらっと見たオバサンは、今の私に似ているような気がしてなりません。

もちろん、まったくの別人ですよ。私はハサミ持って、デパート屋上で暴れた記憶もありません。だけどそれから年月が流れて、私はオバサンが語った嘘、妄想の人生をそのまんまなぞったような人生になりました。

あのオバサンは、私の未来を予言していたのかな」

# 第二十四話
# 犬が懐くベランダの女

結婚していた頃に不思議なことがあったと、今は独身を謳歌《おうか》する彼女は話してくれた。

「毎晩じゃないんですが、ベランダに女が来るんです。旦那にも私にもはっきり、その存在が感じられたというか見えました。でも怖いから、カーテンやサッシ戸を開けたりはできない。カーテン越しに影が見えるだけです。でも、女ってはっきりわかる。

当時住んでた部屋は十階の最上階で、角部屋。ベランダは隣とつながってません。外からうちのベランダに来ようとしたら、壁をよじ登るか屋上からぶら下がるしかない。

飼ってた犬は怖がりで、ドアの前を誰かが通ったり、宅配や出前の人が呼び鈴を鳴らしただけで激しく吠《ほ》えるんですが、ベランダの女には吠えるどこか、可愛がってくれる人であるかのようにくんくん甘えて近づこうとするんです。

そう、犬にも見えているんですね。しばらくベランダを歩きまわってから、ふっと消える。だから、警察にもいえませんよ。生身の人間じゃないんだから。

霊能力者に頼もうかと旦那にいったら、そういうインチキ臭いものは一切信じない、って怒りだすんです。そんな旦那も、人でないものが来ているというのは認めるんですよ。

認めざるを得ないというか、隣の私にも見えてるんだから。

お祓《はら》いなんかしたら、とことんそのものを受け入れることになるから嫌だというようなこともいいました。気のせいだ、二人で錯覚してるんだ、それで済ませたいと。

だけど私、どうしてもいえないことがありました。旦那、女がいたんです。旦那の職場に出入りしている、あっちも既婚の女性。最初に見たときは、あの女だと思いました。だけど生身じゃないとわかったとき、生霊だなと解釈しました。

あんたの浮気相手の生霊よ。いってやりたかった。犬は……あまりに異様なものだから、怖すぎて吠えられなかったのかなと考えたけど、きっと何度も会って慣れてたんでしょ」

それからしばらくして、二人は離婚した。旦那さんの女問題ばかりではない、いろいろな問題と理由があった。

今度はその元旦那さんと会ったので、元奥さんに聞いた話をしてみた。

「ぼく、あまりその手の話を信じなかったんですが。元の奥さんで、こういうのってあるんだなとしみじみさせられました。ベランダに立ってたのは、元の奥さんの生霊です。

それが出るとき、傍らの本物の元奥さんはまさに魂が抜けた感じで、ぼーっとしてました。犬が吠えなかったのは、飼い主の元奥さんだからですよ」

今もたまに、新居の方に元奥さんの生霊が来るという。離婚の際、犬は元旦那さんが引き取った。ベランダに怪しい影が現れると、犬はなつかしそうに鼻を鳴らすそうだ。

# 第二十五話

## ４０４号室

「寝ぼけてただけ、単なるミスや手違いのせい、それで片づけることもできるんですが」

と、息子より若い彼は恥ずかしそうにこんな前置きをしてから話をしてくれた。

「予算がないから、出張したとき安いビジネスホテルで先輩と同じ部屋に泊まったんです。夜中にトイレに行きたくなって目が覚めたとき、狭い部屋のトイレ使ったら水音で先輩を起こしちゃうなと、一階フロアにあった共用トイレに行くことにしました。

ぼく目が悪いんだけど、コンタクト外してて眼鏡もかけてなかった。トイレに行くだけだから要らないと、そのまま出たんです。ところがトイレを出たところで、部屋番号を忘れたことに気づいた。持ちだしたカードキーには、番号が書いてなかったんです。

フロントに行って名乗って、ぼくの部屋はどこかと聞きました。地味なおばさんのフロント係が、４０４号室ですといいました。だからエレベーターで四階に上がって、４０４号室のドアの前に立ったんですが。キーを当てても開かない。

困ったなぁとガチャガチャしてたら、隣の部屋のドアが開いて、なぜか制服姿の女子高生が三人ぞろぞろって出てきて。ドアの前に立ってぼくをじーっと見るんです。三つ子みたいに似てました。でもなんでこんな夜中に、制服着た女子高生がいるんだ。その雰囲気も変だけど、ぼく眼鏡コンタクトなしで視界がぼやけてて。なんかとっさの違和感が、女の子は三人なのに足が四本、手が八本だってことに気づきました。足はたりない、手は多い。本能的にヤバいとエレベーターに走って、一階にまた降りました。

フロントにはさっきのおばさんはいなくて、おじいさんがいました。部屋がわからなくなったといったら、あなたの部屋は707号室といわれました。

あれっ、さっきのおばさんは404号室といったのに、と文句いったら、今日は女のスタッフはいませんよと返されました。自分が夜十時くらいからずっとここにいるって。

とりあえず七階に上がって707号室のドアにキーを当てたら、今度は簡単にガチャッと開いて。先輩がすやすや寝てました。

そんだけのことです。あのフロントのおばさんはなんだったのか。あの404号室の隣の部屋の女子高生はなんだったのか。ぼくは目が悪いのに眼鏡なしだったから、おじさんをおばさんと間違えたのかもしれず、女子高生達の不思議な手足もただの錯覚かも。

だけど一緒の部屋に泊まった先輩が、出張から帰ってすぐいなくなったんです。退職じゃなく失踪《しっそう》です。仕事もできたし結婚したばかり、幸せとやる気に満ちてたのに。

これも、ぼくらにはわからない理由がちゃんとあったのかもしれませんが。なぜか、例のホテルのあいつらのせいだという気がしてならないんですよね」

# 第二十六話

## 人魚伝説

私よりほんの少し若い彼女は卒業旅行で、同じ大学の友達とある南の島に行った。そこで知りあった有名大学の男子と意気投合し、付き合うようになった。

彼は関西の都市、彼女は中国地方の小さな町に住んでいた。彼が電車で、彼女の一人暮らしのアパートに来てくれた。その逆はなかった。彼はうるさい親戚《しんせき》の家に下宿しているとかで、女の子を連れこんだら親にいいつけられて怒られるといっていた。

「携帯もパソコンもない時代だし、私も純情な田舎の子だったしで、彼のいうことすべて真に受けてたのよね～。確かめようがないっていうより、最初から疑わなかったし」

それでもあるとき、どうしても彼女は彼の住む町に行きたいといいはった。彼は輪をかけて厳しく堅物の親がいる実家にも連れていけないから、ホテルに泊まろうといった。

まあまあ中級のホテルに宿をとり、街なかをそれなりに観光もして楽しかった。ところがホテルに泊まった初日、彼女はひどく酔って吐いて具合が悪くなってしまった。彼が優しくそのホテルに連れ戻ってくれ、ぐだぐだになりながらも彼女はなんとか寝いった。

喉《のど》の渇きで、夜中に彼女は目を覚ましてしまった。彼は隣で熟睡している。トイレに行こうと浴室のドアを開けたら、バスタブにとんでもないものがいた。

　腐った女らしきものが、水に浸《つ》かっていたのだ。ふやけた皮膚、眉《まゆ》も髪もまばらに抜け落ち、鼻もとろけていた。その場にへたり込み、意識を失くした。

気がつくとベッドに寝ていて、彼が見降ろしていた。彼女は半狂乱になって、風呂《ふろ》に死体がある、と叫んだ。まだ悪酔いしてるよと、彼は苦笑した。バスタブに、もうそんなものはいなくなっていた。彼は彼女の背中をさすりながら、こんな話をした。

　この町に古くから伝わる、人魚の話がある。人間の男に惚《ほ》れて人間に化けて結婚したら、すっかり泳ぐ力を失ってしまった。故郷の海が恋しくなって飛びこんだら溺《おぼ》れ死んでしまった……。その話を飲んでいるときにしてやったら、おまえ人魚が可哀想って泣いてた。

　つまり彼女は、その昔話があまりにも印象的だったところにもってきて悪酔いしたため、変な人魚の悪夢を見てしまったんだ、と。

　なんとかそれで納得して、彼女は彼と別れて地元に戻った。けれど何か不安と怖さがぬぐい切れず、新聞社に親がいる友達に打ち明け、調べてもらった。

「彼、大学生でもないし結婚もしてたんです。それどころか愛人を死なせた過去がありました。愛人は風呂場で溺れ死んでたそうで、自殺か他殺かうやむやなんですって。たぶん、ううん、きっと彼が殺したのよ。だから幽霊になって私の前に出てきたんだわ」

　引っ越したら、それっきり関係は切れたと苦笑した。

# 第二十七話 人喰《ひとく》いスポンジ

「誰に聞いても、そんなの知らないし聞いたこともないというし。パソコンやスマホを使えるようになってから、いろいろ検索もしたんですが。どうしても出てこないし。ただ、幽霊じゃなくて妖怪《ようかい》の部類だってのはわかります」

昭和五十八年のカレンダーがかかる、小さな会社の給湯室。地味な事務服を着た彼女は従業員用のお茶を作るため、ガスレンジ台の丸い大きなやかんで湯を沸かしていた。

ふと右手の窓を見ると、かなり大きな蜘蛛《くも》の巣が張っているが蜘蛛はいない。巣にぶら下がっているのは、食器洗いの青いスポンジを三センチ角くらいにちぎったようなもの。それが風のせいではなく、ぷるぷる震えている。

なんだろうこれ、と思いつつガスレンジ台に落ちていた蚊の死骸《しがい》をつまみあげ、その変なスポンジに載せてみた。するとスポンジは、ぺっと吐きだすように蚊の死骸を弾《はじ》き飛ばした。さらに目を凝らすと、今度は生きた蚊がそのスポンジに近づいた。

するとぱくっ、スポンジが真ん中から割れて蚊を飲みこんでしまった。死骸は嫌なんだ、生きた奴がいいんだ、直感した。たぶん巣を作った蜘蛛も、こいつに食われたんだとも。

怖い、気持ち悪い、そんな気持ちはまったくなくて、ただただ好奇心から見入ってしまった。どう見ても、どこから見てもスポンジのかけらだ。生物ではない。

「でも、自分の指を近づけてみるとか、それはやりませんでした。本能的に、私も食われると危険を感じたから。三センチ角でも、こいつは私を食えると確信しました」

そのとき、お湯が沸騰した。茶葉を入れようと、ほんの少しその場を離れた。そして改めて窓辺を見たら、蜘蛛の巣だけがあって謎のスポンジは消えていた。

「それだけなんですが。どうにも解せない謎の記憶なんですよ」

私は、その変なスポンジよりも気になることがあった。語ってくれた彼女は、平成十年生まれの女子大生。昭和五十年代に、事務員などしていない。

それを指摘すると、彼女は素直にうなずいた。

「それも不思議な記憶の一つです。見たこともない給湯室で、たとえば何かの映画やドラマで見たものを自分の記憶にしているのかなと、これも検索しまくりました。でも、わからない。すごくリアルに事務服のデザイン、やかん、食器棚、窓、ガスレンジ台、昭和五十八年のカレンダー、細部まで覚えているんですよ。

思い当たるのは……私の本当のお母さん、志麻子さんと同い年なんですが。高校出てすぐ、事務員として働いてたそうです。結婚して私を産んで、翌年に自殺したって。お母さんの記憶なんでしょうかね、これ。だからといって、何も謎は解けませんが」

# 第二十八話　正直な大家

いろいろあって何度目かの転職が決まった彼は、新しい職場の近くに部屋を借りることになった。当時はまだパソコンは普及しておらず、情報誌や口コミに頼るしかなかった。

その二階建てコーポの二階角部屋にしたのは、特に何かが強く気に入ったというより、別に大きな不満も欠点もないし、むちゃくちゃ古くないし商店街も駅もまあまあ近いし雰囲気悪くないし、といった消去法に近い理由からだった。

とにかく早く落ち着きたかったんですよね。と、彼は気弱そうに微笑む。

そのコーポの持ち主である老夫婦は、すぐ近くの一軒家に住んでいた。彼の部屋からは、大家夫妻の家の二階が丸見えだった。優しく上品な夫婦だったが、あいさつしたとき御主人の方にちょっと怖いことをいわれた。

「うちの二階に、幽霊が出るって噂がある。正直にいうけど、それ本当なんだよ。私の姉が病弱で、ずっと独身のまま二階に住まわせてたんだけど、そこで死んじゃった」

当時はまだ事故物件サイトなどなく、その告知義務も今ほどちゃんとしてなかった。しかしみずから事故物件というのはまだしも、うちは幽霊が出るとまでいう大家は珍しかった。正直者ではあるが、なんだか変だ。とは、彼も思ったが。

「幽霊って、別に関係ない人には害もないでしょ。ちらっとカーテン越しにのぞかれると か、暗がりにぼーっと立ってるくらいで。刃物で刺しに来るとか、家に火をつけにくると か、そんな幽霊いない。そういうことやる生きた人間の方がずっと怖いんだよ」

と、いわれてみればその通りだなという話に納得させられてしまった。

そして彼は毎日ではないが、ときおり大家の亡き姉の幽霊を見かけた。窓辺に立ってい たり、横切ったり、ゆらゆら揺れていたり。

「初めて見たときはぎょっとしましたが、だんだん慣れたというか。大家さんのいうとお り、カーテン越しに見えるだけ、隣の家の窓辺に立ってるだけですよ。害はない」

ところがある日の真夜中、パトカーに消防車、救急車がわーっと彼のコーポ近辺を取り 囲む大騒ぎが起きた。警官達が大家の家に入っていくのを、彼は窓から見ていた。

「大家さんの姉が、台所に火をつけて弟夫婦に包丁で切りかかったんです。大家さんの姉 は非力な老女ながらよく暴力を振るって家具や食器を壊したり、弟夫婦の手を焼かせてい たらしいです。放火と殺人未遂で捕まって、弟夫婦はホッとしたとか」

そう、大家の姉は死んでなかった。大家夫婦は、精神的な病を持つ姉が二階にいるのを ひた隠しにしていた。近所の人に姿を見られ、それで幽霊と嘘をつくようになったのだ。

「幽霊より生きた人の方が怖いって、彼らの実体験からきた真実だったんですね」

# 第二十九話 脳内再生装置

「夢の話とノロケ話ほど退屈な話はないといいますが、まぁ聞いてくださいよ」

同い年なのにずっと敬語を使う同業者の彼は、本当にすまなそうに話し始めた。

「昔の、ダビングを繰り返してざらざらに不鮮明になったAVみたいな雰囲気なんです。白黒でところどころ飛んだり消えたり。だから夢を見ているというより、画質の悪いビデオテープを見ている感じなんです。でも、夢ですよ。現実にはあり得ない」

どこだかわからない浜辺がまずは現れ、白いシャツに黒いズボンの男と、何色かわからないけど薄い地に水玉模様のワンピースを着た女の子が歩いてくる。

雰囲気と体格などから男は三十代か四十代。女の子は小学校低学年。普通に見れば親子だが、何か違う。いきなり男が女の子を抱えて海に入っていき、男が腰のあたりまで波に隠れると女の子を放す。女の子はしばらくして、沈んだか流されたかで見えなくなる。

男だけが戻ってきたところで、画像は途切れる。激しい手ブレはないが、素人が手持ちのカメラで撮った感じで、決してプロが撮ったドラマなどではない。

「その夢をいつから見るようになったかははっきりしないけど、定期的に見ちゃう。

ぼくは傍観している、たぶんビデオを回している側です。ぼくは恐怖も通り越して、何もかもあきらめてるんです。その心情がすごくリアルで」

彼はその歳まで一度も結婚歴がなく、娘も姉妹もいない。実体験であるわけがないから、何かの映像を見て強い印象に残ったのかといろいろ調べてみたが、わからなかった。

「それをある人に話したら、催眠術で忘れていた過去を思い出させることができる人を紹介する、なんていわれたんです。うさんくさいなぁと思いつつ、それこそ創作や話のネタにもなるかなと行ってみました」

その人は見た目も態度も何もかも、普通のオバちゃんといった雰囲気で安心感はあったそうだ。そしてオバちゃんに催眠術をかけられ……彼は夢の世界に入っていった。

「いつもの夢が現れました。だけど男が女の子を抱きあげた瞬間、ぼくはワーッと叫んでパニックに陥りました。とたんに、ほら、昔ビデオテープがデッキの中で巻きこまれて、ぐしゃぐしゃになるってことがあったでしょ。

脳内であれが起こったんです。やっぱりあの映像というか夢はビデオテープだったんだな。ぼくの脳内再生装置が故障して、テープを絡ませて切断してしまった感じ」

催眠術をかけてくれたオバちゃんは、昔の印象的なドラマが記憶に残っているところに、生まれ変わりと再生を願う無意識が反映されているとかなんとかいい切ったそうだ。

なのに帰り際、こっそりと彼に耳打ちしたという。もう時効だから、忘れなさいと。

# 第三十話　電話に出た男

「あんた男がいるだろうって、母がいったのが始まりっていうか」

と困惑の表情を浮かべる彼女より、そのお母さんの方が私は歳が近い。

「就職して一人暮らしを始めるようになって、心配性の母は毎日のように電話してきました。母はもちろん携帯やスマホは使いこなせますが、やっぱり固定電話の方が落ち着くしゆっくり話せると、部屋の電話にかけてくるんです」

夜ちゃんと家にいるか、確かめる目的もあるんですよ。と、彼女は苦笑した。

「付き合った人もいたけど、そんなに部屋に入れなかったですね」

その人とも別れてから、まったく男っ気はないという。しばらく前から生理不順や倦怠《けんたい》感もあって、あまりそういう色気の方向に気持ちがいかなかったし、と眉《まゆ》をひそめた。そんな食べてないのに、おなかもぽってりしてきて脱ぐの嫌だったし、とも。

「先月、母から電話がかかってきたとき宅配便の人が来たんです。ちょっと待っててと電話を切らずに玄関に出て荷物を受け取って戻ってきて、改めて受話器を持ったら。

さっきの人は誰よって、母が怒っているんです。えっ、誰もいないよといったら、あんたが電話を置いていなくなったとき、男が出てきてしゃべったというんです」

いきなり男の声で、もしもしお母さんですか。といわれ、彼女の母は驚きながらもはいそうですが、あなたはどちら様と聞き返した。男はそれには答えず、もう彼女のお腹も大きいし、などといった。てっきり妊娠したのだと思った彼女の母は、絶句した。

そこで娘である彼女が戻ってきて、のんきにまた電話に出たという。

「絶対にうちに男なんかいなかったし、そもそも妊娠するようなこと三年くらいしてないんですよ。私はお母さんが狂ったかと怖くなったし、お母さんは私が嘘をついていると激《げき》昂《こう》するし。大変でした。混線したんだとか、無理やりな決着をつけましたが」

その薄気味悪さが徐々に大きくなる感じがして、少しでも気分を変えたい、体調をよくしたいと病院に行ってみたら。卵巣に腫瘍《しゅよう》が見つかった。

早めに見つけたので、簡単な手術で治るとなった。遅れていたら、命にかかわる大ごとになっていたかもしれないともいわれた。

「それで思い出したのが、謎の男が母にいった『もう彼女のお腹も大きいし』という言葉です。これって妊娠じゃなく、卵巣の腫《は》れをいってたのかも」

母にもこの後日談は伝えたが、どうにもその男の正体と存在は不明のままだ。その後も、彼女と母は何度も電話で話したが、男の気配や声は母も娘も見えないし聞こえない。

「腫瘍がしゃべったんだろうって、もう無理やりにそういうことにしてます」

# 第三十一話　顔が象に

まだ高校生といっても通りそうな女子大生の彼女は、旅行以外で山手線の内側から出たことがない都会のお嬢さんで、物心ついたときは新築のマンションに住んでいた。

「子どもの頃、一度だけ不思議というか怖い経験をしました。父と母とリビングでテレビを見てたら、父の顔がいつの間にか象になってるんですよ。象の頭をすっぽりかぶったようになってて、驚きと怖さで泣き叫びました。

母はまったく、父がそんなふうになっているのに気づいてない。父も平然としている。しばらくすると父の顔が元に戻ったので、私も落ち着きましたが。パパが象になってたといったら、親は顔を見合わせただけで何もいいませんでした。

でも、母が台所に行って塩と日本酒を持ってきて、私の頭にどちらも少量ですが振りかけました。そんな怪異は一回きりでしたが、後々もそのことはなかったことにされたっていうのか、父も母も今に至るまで一言もふれません。

あれ、現実だったんですね。親も、何かは知っているんです。聞けないけど」

そんな彼女とは縁もゆかりもない、私の故郷にほど近い田舎の生まれ育ちで私より一回り上の商店主の男性も、よく似た経験をしていた。

彼が中学生くらいの頃、家の裏の林で薪になる木を切って戻ってきたら、土間にいる家族がみんな象の頭になっていた。棒立ちになる彼に、象のままの祖父が塩を投げつけ、母が日本酒を振りかけに来たという。

そして祖父母も父母も、その後は何もいわないままで世を去った。彼も怪異は、その一度きりだという。彼女と彼は住まいも年も離れている。二人とも、後でこっそり文献やネットなどで調べもした。どちらも、ちゃんとした「これだ」という回答は得られなかった。

二人とも動物園やテレビでしか象は見たこともなく、格別の思い出もない。

「そもそも象って、昔の日本にはいなかったものでしょ」

何の接点もないはずの二人は、別々に私に会って同じことをいって苦笑した。

そして先日、私はある東南アジアの国に行った。その国は土産物のモチーフにさかんに象が使われ、芸を仕込まれた象と象使いが街なかにいるような国だ。

日本語が上手な現地の人にその変な象の話をしたら、こういわれた。

「ワタシはもう一人、そういう体験をした日本人を知ってます。正体はわからないけど……その人は日本酒と塩のまじないをしなかったから、事故死しましたよ。車の事故だけど、象に踏みつぶされたみたいになってました」

その人もまた、彼と彼女とは何の縁もゆかりもない。象ともだ。

# 第三十二話　うりふたつの応接間

東北の小さな町で生まれ育ち、中学を出て苦労しながら水商売の道に入って今は二軒の店を都内に持つママは、還暦を迎えても艶《つや》っぽい。そして芸人とアイドルの中間みたいな存在のユキちゃんは、都内で生まれ育った三十歳手前。

ママの店に、私がユキちゃんを連れて行った。ママはときおり話す、定番の怖い話をしてくれた。ママの実家は古い日本家屋だけれど、父親が一室だけを洋風に改造して応接間にしていたのだという。

「どこでもらってきたか、変なゴブラン織りの緑っぽいソファと、これまた楕円《だえん》形の卓袱《ちゃぶ》台《だい》を無理やりに洋風にしたようなテーブル。飾り棚には洋酒の瓶と古びた日本人形と安っぽいフランス人形が並べられて、窓辺には誰も弾けないのに中古のピアノがあった。

その部屋、なぜか妙なことがよく起きたのよ。誰もいないはずなのに、外からドアのノブを握ったら、中から確かに誰かの手が反対側のノブを握ったとか。

日本人形とフランス人形の位置が、いつの間にか入れ替わってたこともあった。

真夜中に、うちの誰も弾けないピアノが華麗に奏でられることもあった。

だけどやっぱり一番怖かったのは、壊れたテレビが、電源も入れてないのにいきなり点《つ》いて、白目のない真っ黒な犬みたいな目をした女が映ったことね」

ユキちゃんは、怖〜いと大げさに反応していたが。その店を出たところで、ちょっと困った顔をしてこんなことをいった。

「ママさんの話はどれも、私にとっては初めて聞く話ばかりだったんですが。ママさんの実家の洋風にした応接間、私の実家の応接間とそっくりそのまま、おんなじなんです」

そこでユキちゃんとは別れたのだが。しばらくして帰宅したユキちゃんから、実家の応接間の画像が送られてきた。確かに、ママの語るママの実家の応接間そのものだった。

どうにも気になったので、私はいったん家に帰っていたけれど、もう一度ママの店に行った。そして、ユキちゃんの家の応接間を見せた。

えっ嘘、これ私んちの応接間よ、とママは驚いた。しかしママの実家はもう住む人がいなくなったために、二十年ほど前に取り壊して無くなってしまったという。

「古いアルバムもいつの間にかなくなって、応接間の写真は無いわ、残念ね」

しばらくしてユキちゃんの実家の応接間で、ママが語ったことと同じ怪異が起きるようになった。誰もいないのに誰かが中からノブを握ったり、人形の位置が変わったり、ピアノが鳴ったり。テレビの女の話が一番怖いから、テレビを捨てましたとLINEが来た。

ママとユキちゃんは本当にその夜が初対面で、血縁関係も何もない。

# 第三十三話 兄弟が見た男

かなり昔だが、ある殺人犯を逮捕した刑事さんとその上司に話を聞く機会があった。もちろん事件そのものも強烈な逸話ばかりだったが、二人が別々に語った「犯人の愛人と妹」の話も印象に残った。

刑事さんは、犯人の愛人は女優みたいな美人で妹は目立たない女だったといい、上司はまったく逆のことをいった。愛人はたいしたことない女で、妹が超美人で驚いたと。

二人は嘘はついてない。本人にとって本当のことをいっているつもりというか、これは単に二人の好きなタイプというのが異なるのだ。

そのとき思ったのは、どちらか一方の話だけ聞いていたら、その人がいったことを私は確たる真実にしただろうということだ。私は、犯人の愛人にも妹にも会えないのだから。

という話をある店でしていたら、たまにそこで会う男性がこんな話をしてくれた。

彼と弟が子どもの頃、近所の塾に通っていた。その道の途中に小さな公園があったが、繁華街に近い場所柄もあって、親子連れや普通のカップルよりも、昼間から酔ってケンカしている男達や、子ども心にもいかがわしさの伝わってくる崩れた女達が多かった。

だから、あまり立ち寄らなかったのだが。陽の落ちるのが早い冬、時間としてはそんなに遅くないのにもう辺りは真っ暗だった中を二人して帰っていたら、公園のベンチに男が座っているというより寄りかかっているのが見えた。

何か異様な雰囲気を感じ、兄弟そろって立ち止まった。というより、立ちすくんだ。男の体から、座っているベンチの木目や色が透けていた。そのときかなり強い風が吹いていたのに、男の髪や服は微動だにしなかった。

どちらかがどちらかの手をぎゅっと握った瞬間、これは危ないと兄弟はそろって駆け出し、無言で家まで帰った。なんか変な人がいたね、と二人ともうなずいたが。

「ぼくは、老人だと見てました。うちのお祖父《じい》ちゃんよりも歳取ってたと。だけど弟は、うちのお父さんより若かったというんです。

でもって、顔なんかはっきり見てないのに、ぼくの中ではしょぼくれた冴《さ》えない、でも温和で平穏な人生を送ってきたような人に見えたんです。

でも弟は、ちょっとワルそうでそれがカッコイイ男だったみたいなことをいいました」

年月は流れ、兄弟なのに全然違う性格と生き方を選んだ。私と会った彼は地道な会社員で、弟はちょっと不良になって道を逸《そ》れ今は音信不通だとか。

「これは受け取り方、見方の違いというよりも……ぼくら同じ人を見たつもりで、未来の自分を見たのかもしれないですね」

# 第三十四話 サーフボードな彼女

彼には、会社は違うが同じ業界内の友達がいた。かなり長い付き合いで、過去の異性関係もお互いにほとんど知っている。だから、どういうのがタイプかもわかっていた。

あるとき彼は友達に、今つき合ってる女を会わせるといわれて待ち合わせ場所に行った。そこに、友達が車でやってきた。そのとき彼は友達の車の助手席に、妙なものを見る。

「黒いサーフボードを載せてたんです。あれっ、こいつにそんな趣味あったっけ？　もっぱらインドア派で、室内プールだって行きたがらないヤツなのになぁ、と。

ところが……そのサーフボードが動いた。それが新しい彼女だったんです」

黒い服を着て長い黒髪をたらして、日焼けなのか生まれつきなのかわからないけれど色黒で、彼と並ぶほど長身だった。だからサーフボードに見えたんだけど、と彼は苦笑しつつ、もちろんそんなことはいえなかったという。

「彼女は自分のこと、ものすごく美人でイイ女と思いこんでいるのが端々に見えたし。友達も、美人だろ～なんてニヤケてて。だけど正直、戸惑いが隠せなかったです。

友達は色白の小柄な可愛い童顔の子がタイプ、一貫してそういう子とだけ付き合ってたのに。目の前にいるのはタイプと真反対の……スマンて感じでした」

しかも話を聞いていると、怪しげなマルチをやっていて、さかんに儲《もう》け話をしては彼のことも引き込もうとする。友達は完全に引き込まれているというより、ほぼ洗脳に近い感じで彼女に心酔している様子だった。

「友人として、あの女は良くないといおうかどうか迷いましたよ。だけどしばらくして、友達も変なマルチの勧誘を始めました。ぼくだけじゃなく、周りの人みんなにね。だからどんどん人が離れていったし、本業の方にも差し障るようになった」

忠告を聞き入れないので、彼もしばらく友達と距離を置くようになった。友達は彼女と彼女のマルチ商売に入れ揚げ、瞬間的に稼いで婚前旅行に行ってしまった。

「リゾート地の南の島ですよ。スマホで画像送ってきたけど、スルーしました。友達は右手に真っ黒なサーフボード、左手で彼女を抱き寄せてて。なんか笑っちゃった。両手にボードってな感じで」

ところがその海で友達と彼女はサーフィンをしていて波に呑《の》まれ、彼女は溺《おぼ》れ死んでしまうのだ。二人きりで他に目撃者はいなかったが、事故死で処理された。

友達は帰国後かなり憔悴《しょうすい》もしていたが、マルチもきっぱりやめた。そして半年ほどして、元通りといっていいのか、色白で小柄で童顔の新しい恋人ができた。

「ぼく、初日に前の彼女の死を予見していたのかなぁ」

# 第三十五話 ヒッチハイク

道路で見知らぬ人の車を呼び止め、無料で乗せてもらうヒッチハイク。私は乗せてもらったことも、乗せたこともないけれど。周りには何人か、乗せた人も乗せてもらった人もいる。怖い経験をした人も、それぞれ一人ずついる。

編集者の彼女は若い頃、上司と不倫関係にあった。上司は離婚する気はなく、彼女だけが悶々《もんもん》としていた。そんなある日、上司と大喧嘩《おおげんか》してもう死にたいとまで思いつめた。車を飛ばし、母親に苦しい胸の内を打ち明けようと実家を目指していたら。

いきなり中年女性が、飛び込むように前に走り出てきた。

息が止まりかけながらもブレーキを踏んだら、中年女性も息を荒くして窓を叩《たた》いた。娘が交通事故に遭って死にそうだと病院から電話があった、あわてて飛び出してきたけど財布を忘れた、K病院まで乗せてってと必死の形相でいうのだ。

もともと親切で善良な彼女は、さっきまでの渦巻く黒い感情も吹き飛び、ドアを開けた。中年女性は後部座席に座ってきた。K病院は脇に逸《そ》れるが、実家と反対方向ではない。

しかし走り出したら、中年女性はとんでもないことをいい出した。

うちの旦那《だんな》と浮気してんの、あんたでしょ。この泥棒猫。慰謝料一億払え。

後部座席の女を直接見るのは恐ろしく、ミラー越しに見た。まさに悪鬼の形相だった。パニックをおこした彼女は、そのままブレーキではなくアクセルを力いっぱい踏み込んだ。

……まさにK病院で目が覚めた。ガードレールを突き破って田んぼに落ちていたが、命に別状はなかった。同乗していたのはK病院の精神科に入院している患者で、そのときも妄想に駆られて病院を脱走したのだった。

上司の妻でもなんでもなく、娘も存在しなかった。しかしそれを機に、彼女は上司と別れた。本物の奥さんも夫の浮気を知ったら、私をあんな顔で殺しに来る。そして私も同乗した偽の奥さんを完全に殺す気だった。私もあのとき、あんな悪鬼の顔をしていたはず。

人気ライターの彼はまったく売れない時代、なんとかネタを集めたいとヒッチハイクにも挑戦してみた。あるパーキングエリアで、優しそうなトラック運転手に乗せてと声をかけたら、あんたはいいけどあんたの背中に乗ってる女が嫌だと断られた。

霊感のある運転手に、あんたも幽霊のヒッチハイカーに勝手に乗られたんだよともいわれた。確かに彼は前日、心霊スポットで有名な廃墟《はいきょ》を取材に行っていた。

この先に神社があるから、歩いてそこの裏の森に行きなよ、そこはヒッチハイクしてきた幽霊を降ろす場所として最適なんだといわれ、その通りにしたという。

森に入ったとき確かにふっと背中が軽くなって、ありがとうという声を聞いたとも。

# 第三十六話　埋葬

　同世代だが、彼は東京二十三区にしか住んだことがない都会の人だった。それが縁あって、かなり草深い田舎町に故郷がある女性と結婚した。家庭的で仕事もできるし、陽気で賢く申し分ない奥さんとなった。実家の親も、堅実で穏やかな人達だった。

平凡で幸福な日々が流れ、子どもも生まれた。その子のために犬を飼い、家族同然の愛を注いだが、寿命からは逃れられない。天寿を全うし、家族に看取られて虹《にじ》の橋に旅立った。中学生になっていた息子は、どうしても愛犬を火葬するのが嫌だと泣いた。

　そこで妻が思いついたのは、実家の庭に埋めることだ。妻の実家はもちろん、庭付きの一戸建てだ。妻の親が手入れして、庭園といっていい一角もあった。そこなら愛犬をそのまま埋められ、帰省のたびに手を合わせられ、常に花に囲まれて犬もうれしいだろう。

　彼の車に死んだ犬を乗せ、みんなで妻の実家に行った。妻の親は、快く引き受けてくれた。そして彼ががんばってシャベルで穴を掘ったのだが……すでに埋められていた骨が出てきた。前にも犬を埋めたことがあるのかと、夫の作業を見守る妻に聞いたら。

「それ、弟」

平然と答えた。彼は最初、冗談かと思った。しかし傍らの義父母も、にこやかにうなずく。確かによく見れば頭蓋骨《ずがいこつ》は犬や猫のものではなく、人間のものだった。腐りきっているが、衣服もまとって靴も履いていた。

「三歳くらいで死んじゃったの。でも遠くの寂しい墓地に埋めるのは可哀想だって、お姉ちゃんがものすごく泣くから庭に埋めたの」

義父母は本当に優しい顔で、なつかしい思い出を語るように口をそろえる。

「孫に、そういう優しい気持ちは遺伝してたんだねぇ」

息子はなんともいえない顔で、黙り込んでいた。おそらく、父と同じ心境にあったのだろう。この場では、それって犯罪だとか、いろんな法律に違反しているとか、親戚《しんせき》や近所周りは知っているのかとか、いえなかった。

妻の弟の上に、毛布にくるんだ犬の死骸《しがい》を置いた。元通りに埋め、みんなで手を合わせた。義父母も妻も涙を流し、優しいままだったが。彼ははっきり、怖いと感じていた。息子も同じだったようで、涙も止まっていた。

しかし彼は、家庭や妻の実家との関係を維持した。妻は変わりなく良妻賢母だった。息子は新しい犬は要らないといった。そしてあるとき息子が、父にこっそり打ち明けた。

「いえなかったけど。お母さんの実家って、庭の隅に古井戸があるでしょ。埋められてて水も出ないけど。あそこにも骨があるの、見た。あれは誰なのかな」

# 第三十七話 つきまとわれる理由

「その子、いわゆるストーカーというのとは違うんですよね〜」

ごく普通に可愛らしい二十代ＯＬの彼女は、無邪気に首を傾げる。

「その子と女子校で一緒だったんですが、一緒だったというだけ。三年間クラスも別々、部活動も違うし通学路も逆方向、共通の友達もいない。とにかく口きいたこともないんです。だからつきまとわれる意味が、まったくわかんない」

高校を出てからは、さらに何の関係もなくなったはずなのに、その子が彼女の行く先々に現れるのだという。短大時代は彼女がバイトしていたカフェの入っているビルの、別の蕎麦屋《そばや》で働いていたし、彼女の住むアパートの隣のアパートに住んでいた。

お花の教室に通い始めたら、同じカルチャーセンターの別の教室にいつの間にかいた。

彼女が今の会社に入ったら、その子は会社のすぐ近くの書店の店員になった。

「絶対、同じ場所には来ないんです。ごく近くに来るだけ。顔を合わせてもニコッとしたり手を振ったりするだけ」

向こうから話しかけてきたり家に来たり、それは一度もない。だから、つきまとわないでなどとはいえない、と彼女は初めて顔を曇らせる。

その子が男なら、ずっと彼女に片思いをしていて……というのも考えられるが。

「高校時代の友達にその子の話をしても、影が薄くてよくわかんないというし」

ただの偶然と思おうとしても、次第に気味悪さはつのってくる。それだけが理由ではないが、最初に勤めた会社の同僚と社内恋愛して破局したこともあり、思いきって貯金と親からの借金で、ハワイに短期語学留学をした。

「……冗談じゃないですよー。借りたコンドミニアムの向かいのマンションに、その子がいたんです。道でばったり出くわしたときは、腰が抜けそうになりました」

そのときはさすがに、声をかけてしまった。すごくよく会うね、ここで何してるの、と。

「その子、話をはぐらかしました。ちょっと急いでるから、じゃあね、と」

転職した会社の取り引き先に、今その子はいるという。ところがこの話を、あるところで出会った彼女の高校時代の元同級生にしてみたら、全然違う話ですという。

「その子、高校出てすぐ自殺してますよ。彼女は確かにその子とは何の関係もない、となってますが。彼女のつき合ってた彼氏が、その子と浮気したみたいな噂がありました。

彼女がその子の自殺に関わっているかどうかわかりませんが、その子がつきまとえるわけないでしょう。死んでるんだから。彼女の妄想でしょう。

だけど彼女、幽霊につきまとわれてるとはいわないんですね」

# 第三十八話

# 座席の異変

その日、彼は出社前に用事を済ませていたので、いつもより遅い時間帯に電車に乗った。電車内は割と空《す》いている時間帯だった。彼はドアのすぐ横の、進行方向に向かって右の端っこに座った。つまり右隣には誰もいない、座れない状態だ。

次の駅で乗ってきた女が、彼の左隣に座った。ピンクのカーディガン、赤いワンピース、白い靴。色合いがケーキみたいだなと感じた。それだけだ。うつむき加減で顔はよく見えなかったが、まだ若い雰囲気だった。

ただ隣に座っただけの女に特に興味もなく何も感じず、彼はカバンから資料を出して一瞬目を落とし、何か違和感を覚えた。顔を上げると、左隣にいたはずの女がいつの間にか右隣にいた。えっ。彼は混乱した。

絶対、自分は右の端っこに座った。もし左端の彼女が移動したなら、彼も位置をずらさなければならないはずだ。彼は、まったく動いた覚えがない。何もない誰も入れない隙間に、彼女は入り込んできていたのだ。ぞくっとしたが、自分の勘違いかと考えた。

ちらっと今は右隣の彼女を見たが、変わらずショートケーキみたいな色合いで、うつむいた顔は髪に隠れてよく見えない。周りの乗客の顔をうかがったが、みな知らん顔でスマホを見たりしている。そうやって一瞬また視線を外したとき、異変は繰り返された。

彼女はいつの間にか、また左隣にいたのだ。彼は右端に座り、座席の端っこについている仕切り板によりかかっていた。もちろん、右端には誰もいない。ぴったりと彼の尻《しり》と腿《もも》は端っこの仕切り板に密着している。

なんだかやばい、彼は背筋が強張《こわば》った。自分を引っかけるための、何かのどっきり企画か。いや、自分はただの一般会社員だ。じゃあ、寝ぼけているのか。もう一度だけ試してみよう。彼は目をつぶる。そして開ける。……彼女は右隣にいた。

本能的に危険を感じた彼は、立ち上がった。彼女も同時に立ち上がり、一瞬で彼の正面に来ると、髪の間からにらみつけてきた。猛烈に強いまなざしに、射すくめられた。

そして、彼女は消えた。車内は何事もなかったかのような雰囲気だったが、急停止した。車内アナウンスが流れる。人身事故が発生したと。あ、あの女だ。彼は直感した。

永遠とも感じられた事故処理が終わって電車が動き始め、彼はスマホで検索した。すでに事故の画像は出回り、車輪の下にショートケーキみたいな色合いがのぞいていた。

立ち上がったはずの彼はすぐ座り直したようで、右の端っこに座っていた。左隣にはいつの間にか、ごく普通の中年女性が座っていた。彼が降りるとき、突然その中年女性はいった。娘が失礼しました。えっと振り返ったときにはもう、その中年女性もいなかった。

# 第三十九話 同時多発自殺

彼の妻は離婚後、マンションを出ていった。自宅で書き物の仕事をしている彼には居心地いい部屋だったから、よっぽどのことがなければここに住み続けるつもりでいた。

独りになった彼の部屋は最上階の五階、501号室だ。ある日、彼は頭上に激しい物音を聞いた。天井の上で誰かが倒れ、足を踏み鳴らし、家具を投げているような感じだ。

屋上は、関係者しか入れないように施錠してある。これまで、屋上の音がうるさいなどと感じたことは一度もなかった。何事かと驚いたが、すぐにおさまった。その後しばらくして、彼は妙な感情に支配された。

今日中に死ななければという思いだ。それはほとんど強迫的なものだった。彼は仕事も順調で、新たに付き合い始めた女性もいた。死にたい理由など何もない。

そもそも同業者で妻だった人は、外国で勉強しながら暮らす夢をあきらめきれないからと出て行き、たまに近況報告も来るくらい円満離婚だった。なのに激しく死にたくなった。

彼はまず首つりを考えたが、手頃な縄もなくぶら下がる場所もないとあきらめ、薬もないから手っ取り早く確実な方法としては飛び降りだなと、ベランダに出ていた。

手すりにつかまって、あの原稿だけは仕上げておいた方がいいかな、元妻と彼女に最後に電話しようかな、などと冷静に考えていたら、パトカーや救急車が下に集まってきた。彼が飛び降りるのを阻止しようとしてではないらしい。

他の部屋も騒がしいので、死ぬ気がそがれた。何だろうと部屋を出てロビーに降りたら、警官や救急隊員、他の住人が集まっていた。管理人に聞いたら、突然ばたばたと何人もの自殺騒ぎが起こったという。

「401号室の奥さんがガス自殺を図って、301号室の女子高生が手首を切って、201号室のおばあちゃんが薬を大量に飲んで、101号室の旦那《だんな》さんがドアノブにタオルかけて首つってたんです。幸い、みんな未遂で終わりました」

いやぁ、ぼくもやりかけました、といいかけてやめた。ふと、妙なことに気づいた。彼は501号室。自殺しかけた人の部屋は、みんな一直線に縦に並ぶではないか。

頭上の奇怪な物音と、何か関係はあるのだろうか。一応、管理人には伝えた。後日、特に異変はなかったし、他の住民からはそんな騒音の報告はないと聞かされた。

しばらくして、妻だった人が亡くなったのを知らされた。外国の自宅で何者かに襲われて殺害され、まだ犯人は捕まっていないという。

それがちょうど、彼が天井に奇怪な音を聞いた時刻と一致していた。元夫を道連れにというのはまだわかるが、一直線の階下の他人まで巻き添えというのは何だったのか。

# 第四十話 変態オッサンの悪霊

学生時代に彼女がバイトをしていた飲食店の更衣室の窓には、一応カーテンはついていたが開けっ放しだった。そのあたりでは最も高い建物の中にあり、周りは低層階ばかりだったので、のぞき込むなんてことはできなかったからだ。

けれど彼女は気になって、着替えるときは必ずカーテンを閉めていた。

「私、霊感なんて0だと思ってるんですが。そのときだけはビンビン感じてました。ていうか、見てたんですよ。窓の向こうに、ハゲてて小デブでぴちぴちの女もののシャツとミニスカの変なオッサンがいるんです。毎日じゃなくて、ときおりですが。

この世のものでないのは、間違いないでしょ。高層階の窓の向こうにいるんだから。でも、私にしか見えないんですよ。誰も見えてない。だから騒げなかった。

それに……普通、そういう怖いものって白いワンピースの髪の長い女とか、痩《や》せた着物のおばあさんでしょ。そんな変態オッサンの話をしても、怖がられるより笑われます」

ところが新入りのバイトが、恐る恐る話しかけてきた。窓の外のあれ、先輩も見えてますよね、と。新入りは彼女の視線で、この人も見えていると気づいたそうだ。

「その子、この力のせいでバイトが長続きしない、とも悩んでました。まぁ、騒いでもいいことないから二人だけの秘密にしておこうと、手を取りあいました」

その新入りは真面目で優しいいい子だったが、古参のお局《つぼね》バイトに何かといじめられるようになった。彼女もお局は苦手だったが、うまく接していた。しかし新入りは憔悴《しょうすい》していき、幽霊より生きた人の方が怖いと彼女に愚痴るようになった。

そんなある日、たまたま彼女が早めに店に着いて一人で着替えているとき、ついカーテンを閉め忘れた。すると、例の変なオッサンが窓の外でふわふわしていて、確かににやっと笑った。彼女はむかついて、カーテンを閉めながらこう怒鳴った。

「あのお局にでも取り憑《つ》いてよ」

一時間後くらいに、その知らせが入った。お局が線路に転落して、命は助かったが片足を失う大けがを負ったと。お局はしゃべれる状態ではなかったが、周りの人はみんな、自殺するようなタマじゃないから事故なんだろう、と一応は気の毒がった。

ところが例の新入りがたまたま同じ電車に乗っていたそうで、落ちるお局を見たと後から話してくれた。あのオッサンがお局に抱きついて、線路に引きずりこんだという。

ふざけた格好してたけど、やっぱり悪霊だったかと新入りは恐れ、自分があんな頼みをしたからだと彼女は激しく後悔した。なので二人してバイトを辞め、もうオッサンは見なくなった。オッサンが何者か、あの飲食店との因果関係もわからないままだ。

# 第四十一話 どちらの仕業か

「彼が一緒に住もうといってきて、うれしかったんですよね」

顔も性格も可愛らしいのに、なぜか男運が悪いと評判の彼女は口をとがらせた。ちょっと同棲《どうせい》していた彼とは前の会社にいた頃、合コンで出会ったそうだ。彼は顔が広く、不動産会社の友達に頼んでどちらの会社にも近い、安くていい部屋を探してきてくれた。

ところがその部屋に引っ越してから、怪奇現象に見舞われるようになった。

「十階なのに、窓の外に女が張りついていたり。突然、蛇口にさわってないのに水を噴きあげたり、トイレに誰も入ってないのに確かに中に誰かがいてドアノブを押さえてたり。共用の廊下を一人で歩いてたら、半透明な自転車に追い抜かれたこともありました」

彼に、ここもしかして事故物件てやつじゃないの、前の住人が殺されたとか、そういうんじゃないの、と詰め寄った。しかし彼はまったくそんな体験をしてないし、

「今の家は新築だ、先住者はいないっていうんです。それ、本当でした」

怪奇現象だけが原因ではないが、彼女は家に帰りたがらないようになり、彼とは別れた。別の部屋で一人暮らしを始めたら、まったく変なことは起きなくなった。

それから彼女は転職もし、仲良しの同僚ができた。その友達がいい車を持っていて、よく友達の運転でドライブや買い物をするようになったのだが。

「ふっとバックミラーに見知らぬおじさんの顔が映ったり、二人しかいないのに後部座席に誰かが座っている気配がしたりするんです」

恐る恐る、事故車じゃないよね、と聞いたのだが。新車だし、事故ったこともないといわれた。友達もまた、自分の車で怪奇現象は体験してないのだ。

「後になって、わかりました。前の彼は女癖が悪くて、彼のせいで自殺した女がいたんですよ。今の会社の友達は、家族写真を見せてもらったら見覚えある顔のおじさんがいました。友達が小さい頃に亡くなったお父さん。お父さんは車の事故で亡くなったって」

前の彼の部屋に出ていたのは彼のせいで死んで恨んでいる女で、友達の車に取り憑いているのは事故を心配するお父さんだった。

「つまり幽霊は部屋じゃなく彼に取り憑いているし、車じゃなく友達に取り憑いてたんですよ。でもって何の因果か、元彼とその友達が出会っていい仲になってしまいました」

それで彼女は友達とは疎遠になっていったのだが、友達の車が大事故を起こし、友達は奇跡的に軽傷で済んだが、元彼は亡くなった。

「元彼に憑いていた女の仕業じゃなく、友達のお父さんが悪い彼氏を娘のために始末したと思えて仕方ないんですよね」

# 第四十二話 マスク専門店

　彼はイラストレーターとしてけっこうな売れっ子で、私もさし絵などを描いてもらったことがある。誰からも好感を持たれる洗練された画風で、仕事は真面目だし普通にモテそうな好青年なのだが、ボッタクリ常習や地雷女しかいない変な風俗店が大好きだ。

　聞く分にはおもしろいが、なんで普通の若い美人がいる店に行かないのか聞いたら、

「志麻子さんだってみんながうらやましがる素敵な店とかおしゃれスポット、誰もが行きたくなる観光地なんか見向きもしないで、心霊スポットだの事故物件だのばかり行ってるじゃないですか。『おもしろいから』という理由はぼくと同じです」

　などと返されてしまった。なるほどなぁというしかなかった。そんな彼が先日、

「マスク専門店というのがあったから、電話してみたんです」

　という。コンビニなどでも売っている白マスクから、プロレスラーの派手な凝った覆面まで、とにかく女の子がみんなどれかをつけて来るそうな。

「マスクはリクエストできるけど、中身の女の子は店のおまかせなんです」

「えっ、それじゃ美人もブスも関係ないね」

「いや〜、覆面しててもなんとなく雰囲気でわかるんですよ」

彼はプロレスラーみたいな覆面の女の子を選び、ホテルで待機していたら。

「来たのは、体はゆるんでたけどかなり美人じゃないかって感じでした。だから」

マスクをちょっとめくってくれるかな、と頼んでみた。彼女はややためらう素振りを見せつつ、ちらっとめくってくれたそうだが。

「見た瞬間、あっ、これはヤバいと本能的に危機を察知しました」

すごく醜いとか、尋常でない傷や刺青《いれずみ》があるとか、そんなのではなく。

「むしろ美人でした。こんなマニアック店に勤めなくても、普通の店に雇われそうな」

それはたとえば、不味《まず》い物を口に入れた瞬間と、食べ物ではないものを口に入れた瞬間の違いだという。前者は、不味くても食べ物であるのはわかる。後者は……違う。

彼は仕事のイラストとは別に趣味でまったく作風の違う油絵をやっていて、そちらはかなりグロテスクで猟奇的な作風だ。違う名前でやっているので、同一人物が描いていると知っている人は限られている。

「油絵の方でよくモデルにしている、グロ画像のサイトで有名な女の腐乱死体。生前の顔も載せられてるんですが。そちらにそっくりだったんですよ」

きっと凄惨《せいさん》な殺され方をする女の顔だと、彼はいった。次に指名しようとしたら、もういなくなっていた。だからモデルにした。ただし油絵ではなく、可愛いイラストの方に。

# 第四十三話　交わる記憶

彼は仕事柄、世界中のあちこちに行っている。だからときおり記憶が混同し、混乱し、

「ホーチミンのカフェで雪を見ながら熱いコーヒー飲んでた記憶が、すごく鮮明にあるんですよ。粗目の砂糖を入れた容器や、椅子のがたつきまで生々しく覚えてる。でも常夏のホーチミンに雪が降るはずないんですよね」

「バンクーバーのホテルの暖炉の前で、小さなぼくは父方のお祖父《じい》ちゃんと酒飲みながら昔話をしてもらってる。でもお祖父ちゃんはぼくが幼稚園児の頃に死んでて、ぼくがカナダに行ったのは大学出てから。一緒にカナダで酒飲むって、時系列むちゃくちゃ。だけど話の内容もはっきり覚えてて、後から家族に聞いて確かめたら、それって本当にお祖父ちゃんの身の上にあった話なんですよ」

といった、不思議な物語ができあがってしまう。それは私にもある。

「あれは十年くらい前のマラッカの、川べりのローカルな食堂でした。混んでたんで店主が同じ日本人同士で相席してくれと、白髪の大人しい老紳士、五十くらいのぽっちゃり可愛いオバサンと同じテーブルに着かされました。

適当に会釈とかして黙々食べましたが、いつの間にか三人で話し込んでました。昔の奇妙な記憶についてです。

老紳士は子どもの頃、山と田んぼの中の小さな無人駅に一人っきりになったら、いつの間にか隣に素っ裸の女が座ってて、独り言なのかこちらに話しかけてきているのか、アタシは昔ダンナを殺して逃げているのよ〜、といったそうです。

だけど老紳士は都会の生まれで、田舎の無人駅に独りでいるような状況がないというんです。オバサンは子どもの頃、旅館くらい大きな日本家屋の中をさ迷っていたら座敷牢《ろう》があって、若い男がうずくまっていて、あるお菓子をむさぼっていたというんです。オバサンはそんなお屋敷に心当たりがないし、そのお菓子ってその時代にはなかったんですよ。

ぼくも、子ども時代の話をしました。南米の某国にある、苔《こけ》や水草で五色に見える川。川べりに老人とオバサンがいて、二人とも立ち上がると五メートルくらいあった。だけどぼくはそれを変だと思わず、川に見とれてた。

でもその国だけは、行きたいと願いつつまだ一度も行ってないんです。

彼らの語った変な思い出話をぼくが想像すると、老紳士の話に出てきた女はそのオバサンで、オバサンの話に出てきた男はぼくで、ぼくが見たのは老紳士とオバサンだった、というふうに浮かんできます。もう、二度と会うこともない人達ですが」

本当に彼らにまた会いそうで、あの南米の国に行くのはためらっていると付け足した。

# 第四十四話 共通の幻覚

彼は今は真面目に東京で働いているが、地元にいるときはちょっぴり悪かったそうだ。

「その頃、つるんでた仲間の話なんですが。仮に先輩と後輩としておきます。二人はぼくの知らないところで、ちょっぴりどころかかなり悪い商売に関わっていたようで、二人だけでこそこそ行動してたんですね」

あるとき彼は、まず先輩からこんな話を打ち明けられた。

「後輩と山奥に行ったら、朽ちかけた山小屋の前に放置されたトラックの荷台に、人の死体が積み重ねられていた、なんていうんです。先輩に、なんで通報しないんすかと驚いたら、自分らもそのときちょっと悪いことしてたから、なんていう」

それからしばらくして後輩に呼び出され、こんな話を聞かされた。

「先輩と廃墟《はいきょ》になったホテル跡に行ったら、元は宴会場だったところにびっしりと死体が詰め込まれてた……っておまえ、警察に行けよと後輩にいったら、自分らも後ろめたいことしてたからそのまま逃げたって答えるんです」

それからも彼は先輩と後輩それぞれに、たくさんの死体を見た話をされた。次第に彼は、それらの話を現実のこととは思えなくなっていた。いや、最初から現実感はなかった。

「二人とも薬物の幻覚、妄想に支配されているなってわかりましたよ。だから二人とも、嘘ついているつもりはないんです。二人は、それぞれちゃんと見えているんですよ」

しかし二人とも、必ずそれぞれ一人で彼にそんな話をしに来る。先輩と後輩、二人が揃っているときは絶対、死体の話などしない。

「それからしばらくして、二人とも捕まりました。どちらも違法薬物の取り引きに関わってたんですが、そのトラブルで相手を殺して埋めてたんです」

トラックの荷台に積み重なるほど、宴会場に詰め込まれるほどの人数ではないが、二人は殺人に関しても共謀していた。

「だけど変な死体の幻覚を見ていたのは、実際に人を殺す前なんですよ。悪い薬物にありがちな幻覚といえばそうなんだけど、二人そろって似たようなもの見て、二人で殺したわけでしょ。未来を見ていたのかなとも思えますね。

二人とも、今もって刑務所の中です。さすがにもう薬は抜けてるだろうけど、フラッシュバックはあるでしょう。別々の刑務所だけど、まだ同じ幻覚を見てるかも」

そんな彼はただ一度だけ、二人とは関係なく薬物に手を出してしまったことがある。

「そのとき自分の部屋のベッドに、死体が重なっている幻覚を見ちゃって……以来、二度とそんなものには手を出してません」

# 第四十五話　幻覚の男

前の話とは登場人物も場所も何もかも関係ないのだが、何かが似ている話も聞いた。

派手な主役はしてないが手堅く地道に活躍する女優の彼女は、若い頃は地元の劇団で活動していた。その劇団仲間に、演劇の才能はイマイチだがホステスとしては売れっ子の友達がいた。あるときその友達から、助けてーっと電話が入った。

まだ携帯にメール、テレビ電話機能がない時代だ。それだけいって切れ、折り返しかけてもつながらない。彼女はとりあえず、友達のマンションに駆けつけた。

「鍵《かぎ》が開いてたんで中に入ったら、もうびっくり。友達がドタンバタン、床で一人で暴れてるんです。ひっくり返ったり立ち上がりかけて転んだり、誰か見えない人と闘っている感じでした。途切れ途切れに友達が叫ぶのをつなぎ合わせると、

『変な男が侵入してきた。私に襲いかかった。必死に今、闘っている』

なんです。でも、本当に友達一人なんですよ。空気を相手に闘ってるんです。だけどなんというかその～、上手《うま》いんですよ。

本当に誰かと死闘を繰り広げている、本当に相手が生々しくそこにいる、何をしている

のかわかるんです。見えないのに、いないのに。普段の大根ぶりとは段違いの演技力。しばらくしてフッと力が抜けた、ていうか相手が立ち去ったそうなんですが、友達はぐったり床に伸びてしまった。これは演技じゃなく様子がおかしいと救急車を呼んだら、なんと軽い脳梗塞《のうこうそく》を起こしてました。過度の飲酒と様々なストレスのせいだそうで」

入院して回復した友達は、微妙にそのときのことを覚えていた。

「見覚えがあるようなないような、痩《や》せた小柄な眼鏡の男。お前から誘ったくせに、みたいなストーカーかよってことをわめいてた。

脳梗塞の症状の一つだったといわれて、そうなのかなと納得はしたわ。だって現実にはそんな男はうちに入り込んでなかったんだし、あなたも見えなかったっていうし」

さすがに友達に、あのときは真に迫ってて一番の演技力だった、とはいえなかった。

それから彼女は東京の劇団に合格して上京し、友達は回復した後に地元の劇団にもホステスにも戻り、互いに忙しくてなんとなく疎遠になっていって連絡が途絶えた。

次に彼女が友達の消息を聞いたのは、テレビのニュースによってだった。

「一度だけその友達の店に来た客がストーカーになって部屋に入り込んで、絞め殺されたんです。彼女は相当に抵抗した跡があるって。

犯人は痩せた小柄な眼鏡。そう、友達が脳梗塞を起こしたときに見た幻覚の男そのまんま。でも、幻覚の方が先なんですよ。脳の血管の詰まりが、未来の記憶を見せたのかな」

# 第四十六話

## 祖母の幽霊話

彼女は夫と小学生の息子と中学生の娘と、休日に繁華街にお出かけをした。その途中で、いつのまにか息子がいなくなっていた。あわてたが、子ども用の携帯を持たせていたので電話した。幸い、息子はすぐ出た。

「お祖母《ばあ》ちゃんちに寄ったんだよ」

などという。息子の背後にいたお祖母ちゃんも電話を替わり、

「心配ないよ、すぐそちらに返すよ」

と笑っていった。ちなみにそのお祖母ちゃんは、彼女のお母さんだ。

彼女は短く会話し、電話は切られた。その直後、息子がすぐそこに立っているのを見つける。夫婦は、不思議さと疑問に顔を見合わせた。

お祖母ちゃんちは、そこから電車に乗っても三十分はかかる。往復なら一時間だ。しかし息子が消えて現れるまで、五分とかかってない。息子は電車賃も持ってない。

「ただ歩いていたら、ふっとお祖母ちゃんが現れてうちまで連れて行かれた。ここまで送ってもらったような、お祖母ちゃんの家の前で別れたような」

などと、どうにも要領を得ない。とにかく一家は時間と道の不思議さばかりに気を取られ、肝心なことを忘れ切っていた。お祖母ちゃんは五年前に、亡くなっていたのだ。

この不思議な一件から半年ほど経った頃、私は彼女にこの話を聞かされた。

「とにかく家に帰ってお風呂《ふろ》に入ってみんな布団に入るまで、完全に忘れ切ってたの。お祖母ちゃんが死んでたことを。

ひたすら、どうやって五分で行って帰ったんだ、ってことばかりに気を取られてて。だけど確かに、電話から聞こえたのはうちの母の声だった」

今も息子は、お祖母ちゃんには会ったし家にも行ったけど、道や会話や家の中はあまりよく覚えてないという。

お祖父《じい》ちゃんは子ども達が生まれる前に亡くなっていて、お祖母ちゃんの死後は家は売却し、もう他人が住んでいることもしばらくして思い出した。

「その日は母の命日とか記念日でもないし、とにかく不思議な出来事だった……というより、ずばり幽霊話よね。でも、みんなちっとも怖がってない」

その後、今度は彼女に不思議なことが起きた。偶然に昔の知人に会い、先週あなたのお母さんと飲んだといわれたのだ。母はもう死んでいるといい返せなかった。

「うちの母、一滴も飲めなかったのよ」

ひたすら彼女は、その一点だけを不思議がっている。

# 第四十七話 因縁

彼は久しぶりに故郷に戻ったとき、幼なじみがたまに行くというスナックに連れて行かれた。そのとき店内には地元の常連客らしき人が何人かいたが、彼は翌日、店やママやホステスの顔はぼんやり覚えているのに、その他の人については何一つ記憶になかった。

ところが東京に戻ってから、変なことが起きた。彼は特に人間関係のトラブルはなかったが、東京に戻ってからひんぱんに非通知で、

「遊びだったのね、死んでやる」

「お前、俺の女に手を出しただろ、ぶっ殺す」

といった、不穏にしてまったく身に覚えのない電話がかかってくるようになった。自宅アパートの玄関ドアを真夜中にガンガン叩《たた》かれ、ドアスコープやチェーン越しに見れば、尋常でない目つきのがりがりに痩せた女や、半そでシャツからびっしり腕の刺青《いれずみ》をのぞかせた、一目でそちらの筋だとわかる男がいる。

非通知の着信拒否設定もし、警察にも相談したが、彼らをすぐ逮捕とはならない。そうこうするうちに、故郷の幼なじみからお前いったい何したんだと電話がかかってきた。

なんでもそいつらは、友達だけでなくあのスナックのママやホステスにまで、

「あいつをかばったり匿《かくま》ったりしたら、店にも家にも火をつける」

といった脅迫をしているのだ。ママやホステスも、あのときは常連客ばかりでなく、ふらっと入ってきた一見《いちげん》さんもいて、そいつらが脅迫しているようだという。

とにかく幼なじみ、店の人、そして彼もまったく脅迫者とトラブルどころか会ったのもそのときだけなのだ。接客したママ達はともかく、彼は目も合わせていない。

もちろん彼は部屋の前まで来る男女二人に、ドア越しにそのことは繰り返しいった。だが聞く耳持たず、彼らはますます激昂《げきこう》する。あんな狂った奴らを家に入れたり向かい合ったりしたら、刺されるとも恐れた。

しかしあるとき我慢も限界に来た彼は、女が来たとき思いきりドアを開けてやった。そして彼が警察呼べよと怒鳴り、女の肩を突いた。女はきゃっと小さく悲鳴をあげ、そのまま逃げていった。その夜は覚悟したが、刺青男は仕返しに来なかった。

しばらくして、アパート前に救急車やパトカーが来た。なんだか怖くて見に行けなかったが、翌朝になって近所の人に聞いた。女が顔の形が変わるほど殴られて倒れていたと。

「ちらっと運ばれて行く姿が見えたけど、がりがりに痩せた女だった」

もしあの女だったとしたら。ぞくっとしたが、彼は肩しか突いてない。しかしそれっきり、女と刺青男は来なくなった。殴ったのは刺青男という気がしてならないそうだ。

# 第四十八話

# 郵便局と掘っ建て小屋

まだスマホもパソコンもなく、地図アプリなど影も形もなかった時代のことだ。

彼女は仕事で、行ったことのない地方の人に会うことになったが、現地でちょっと迷ってしまう。駅を出て一歩道をまっすぐ進むと郵便局があり、その裏手だという。ものすごくわかりやすいと思っていたのに。

駅を出たら、一本道の両脇に郵便局があるのだ。つまり、二つの郵便局。何の変哲もない田舎の小さな郵便局だが、二つのそれはそっくりだった。まるで一方が鏡に映っているようだ。番地を書いた表示も見当たらない。

まぁ、どちらも行ってみようか。彼女は適当に、まずは向かって右手の方に進んだ。そして裏手に回ると……その当時でも、今どきないわというほどぼろぼろの掘っ建て小屋があった。まさかここか、と足がすくんだ。

会う予定の人は、わりと裕福な人だと聞いていたのに。窓ガラスもない窓をのぞきこむと、土がむき出しの地面に小柄な老婆が座っていた。会う予定なのは三十代の女性だ。

そのとき彼女が感じた違う、という感情は、この老婆は別人だという意味だけではなく、もっと濃い違和感だった。そのとき、ぱっと老婆が顔をあげて窓の外の彼女を見た。最初、変わった化粧をしていると思った。違う。顔中に刃物による切り傷がついていた。かなり深いものばかりで、歯茎や歯がむき出しになり、筋肉や脂肪ものぞいていた。彼女は声にならない悲鳴を上げ、後ずさりし、夢中で来た道を戻った。

気がつくと駅前に戻っていた。そして左手にだけ、郵便局があった。右手にはコンビニがある。さっきの郵便局と掘っ建て小屋、そして老婆は何だったんだ。白昼夢か。気を取り直して彼女は左手の郵便局の方に向かい、裏手に回った。

そこには、手入れされた庭のある小ぎれいな二階建ての家があった。そしてそんな家に相応《ふさわ》しい、小ぎれいな若奥様が笑顔で待ってくれていた。

仕事の話は進んだが、どうにも奥様にさっきの恐怖体験は語れなかった。それでも気になるので、恐る恐るこんなふうには聞いてみた。

「郵便局の向かいのコンビニ。あれができる前は、何が建ってましたか。いえ、あの、以前ちらっとこっちに来たとき、あっちにも郵便局がなかったかな〜、と」

奥様はにこやかに首を振った。長いこと、ここらで郵便局といえばうちの前のだけよ、と。

仕事を済ませて会社に戻った彼女は、資料室や本屋も回ってあの辺りに昔何か怖いことがなかったか調べてみたが、別に何事も見当たらなかった。ただ一度だけ、その後に会社で残業しているとき、窓ガラスにあの郵便局と掘っ建て小屋がちらっと映ったそうだ。

# 第四十九話
# 貧乏神と福の神

彼と彼女が夫婦になったきっかけは、ちょっと、いや、かなり変だ。

十年くらい前、彼女は当時のマンション近くのファミレスで遅めの夕ご飯を食べていた。隣にはともに自分と同世代らしき男が二人いて、同僚のようだった。彼らはしばらく仕事の話や知り合いの噂など、どうってことない話をしていた。

彼女は聞き耳を立てているのではなく、ただぼんやり彼らの話が耳に入ってくるだけだった。しかし自分の隣に座っている方が、唐突に妙な話を始めた。

彼が小学生の頃、母方のお祖父ちゃんちに行った。大きな田舎の古い家を探検していたら、土蔵の中に土色の地味な壺《つぼ》を見つけた。なんとなく持ちあげたら、たぷんたぷんと水が入っている音がした。だから逆さまにしてみたのに、何もこぼれなかった。

代わりに、しゅうっと青黒い煙みたいなものが出てきて天井まで噴きあがって消えた、そのときにオホホホホと女の甲高い声がした……。

それからしばらくして、地元でも有数の金持ちだったお祖父ちゃんちは不幸が続いて没落してしまった、というのが彼の語った話だ。

向かいにいる同僚らしき男はマジかよ～、とあまり興味もなさそうに流していたが、隣の無関係な彼女が思わず話に割って入ってしまった。

彼女は子どもの頃、かなり貧しかった。父親が大借金をこしらえて夜逃げもしたし、一家で海辺の掘っ建て小屋に隠れていたこともある。そんな彼女があるとき海辺を歩いていたら、土色の地味な壺を見つけた。

おもちゃも家具も何もなかった家だから、こんなものでも何かの役には立つかと拾いあげた。とたんに海の方から青黒い煙みたいなものがぶわーっとこっちに来たと思ったら、壺の中に吸いこまれてしまった。そのときオホホホホという女の声がした。

気持ち悪いはずなのに、彼女はそれを捨てられなくて持ち帰った。それから父の仕事がうまくいって、みるみるうちに裕福になってしまった。

同じ壺じゃないですかと、彼女はこの話を早口にした後、彼に向き直った。

彼の田舎と彼女の住んでいた海辺は、まったく違う地方だ。しかし彼のお祖父ちゃんちにあった壺から出たものが、彼女の拾った壺に入ったとしか思えない話だ。

そして、中身が貧乏神なのか福の神なのかがわからない。ともあれその話で盛り上がって電話番号を交換し、そこから付き合いが始まって結婚までしてしまったのだ。

その壺は、引っ越しのときいつの間にか彼女の家から消えてしまった。誰かが拾ったら、それはその人にとって貧乏神となるか福の神となるかわからないと夫婦は口をそろえた。

# 第五十話

## 死後三日と死後一か月

前の話とは場所も登場人物も内容も何の関係もないし、似た部分もないのに。前の話を誰かにすると必ずこちらの話もしてしまう、そんな話だ。

地方出身の彼が子どもの頃の夏休み、もっと田舎にある高原の施設に同級生と泊まった。いわゆる林間学校だ。夜間の無断外出厳禁だったのに、悪ガキ仲間と抜け出した。

誰かが、農機具小屋か獣舎かわからないが、とにかく朽ちかけた小屋を見つけた。肝試しにぴったりと入り込んでみたら、本当に白骨死体が転がっていた。乏しい外灯と月明かりしかないのに、異様にはっきり白く輝いて見えた。

誰かが悲鳴を上げたり逃げたりしたら、パニックになって収拾つかなくなると全員わかった。みんな努めて冷静に、わー警察にいわなきゃ、その前に先生だよ、でも無断外出を怒られるなぁ、などと白骨死体を見下ろしてしゃべっていたのだが。

いきなりごろんと、仰向《あおむ》けだった白骨死体が寝返りをうってうつぶせになった。ここで全員が絶叫し、駆け出し、あとはもうわけがわからなくなって宿舎の施設に転げ込んだ。

彼も含め泣きわめくみんながどうにか落ち着いたとき、もう先生は地元の警察に通報していた。後から聞かされたのは、遠方から来た自殺志願者だったとか。薬物で自殺していて、死後三日ほど経っていた。それを聞いて、彼らはえっと思った。

子どもだって、あれが死後三日なんてもんじゃないのはわかる。しかし新聞に載ったのも死後三日ほど経過となっていた。これは今も不思議だ、今もあの白骨死体の白さは目に焼きついているという。一緒にいた友達もみんな、そういうのだった。

彼が東京の大学で知りあって友達になった彼女は、似ているけど違う経験をしたという。

彼女は東京の子で、巨大団地で生まれ育った。あるとき団地の仲良し何人かと団地内で遊んでいるとき、どこかの建物と建物の間に女性がうつぶせに倒れているのを見つけた。

寝ているのか、酔っているのか、病気で倒れているのか。そう思ったほど、女性は生き生きとして生々しかった。うーん、かすかにうめき声を上げ、寝返りを打つように仰向けになった。そのときぱちっと目を開け、子どもらをぎょろっとにらみつけた。

誰かが泣き声を上げて大人がやってきて、その人があわててすぐ通報した。隙間に入り込んでいたホームレス女性が病死、もしくは衰弱死していたと後で聞かされた。

誰にも発見されず死後一か月、ほぼ白骨化、都会の死角と孤独、みたいな新聞の見出しも覚えている。だけどあれは絶対に白骨じゃなかった、と彼女はいう。一緒に見た友達も同じく、絶対に生きているようだったと今もその話になるたび不思議がるそうだ。

ちなみに彼と彼女はあくまでも同じ大学の仲間というだけで、互いに付き合う気はない。

# 第五十一話　怪奇現象に懐疑的な夫婦

それまで彼女はオカルト系の話は、どんな怖い話でも心底からは怖くならなかった。

「化けて出られるような恨みも買ってないし、たたられるような悪いこともしてないし、私には一生オバケや幽霊、怪奇現象なんか関係ない、縁がないと信じてたから」

そんな彼女がある日、キッチンの整理のためにプラスチック製の仕切りケースを買った。流し台の引き出しに入れ、スプーンなどを納めた。

そのまま夕飯の支度を始めたのだが、ふと違和感を覚えた。引き出しは全部閉めたはずなのに、一番上が半分ほど開いている。ひょいと視線を落とし、息が止まりかけた。

ひじから切断された人の腕が入っていたのだ。悲鳴を上げつつ、いろいろな考えが頭をめぐった。新しい仕切りケースを入れて引き出しを閉め、すぐ料理に取りかかった自分は流し台の前から移動してないし、誰も入ってきてない。

凍りついていた彼女が息を整えてもう一度見たら、手は消えていた。と思ったら、いきなり背後から何者かに腰を蹴《け》られた。尻《しり》もちをついたが、後ろには誰もいなかった。

「一瞬だったけど手は初老の女性の右手で、見えなかったけど足は若い男だった。こんな錯覚が生々しく記憶される、幻や勘違いを実感できたってのが怖くて」

これまでの人生で彼女は、学生時代のアパートに空き巣に入られたとか、夜道で変質者に追いかけられたとか、かなりのケガを負う交通事故に巻きこまれたとか、怖い経験はそれなりにあった。それらはすべて人間が起こした、現実のものだった。

わけのわからない理不尽にして不条理な怖さは、生まれて初めてだった。

けれどまだそういうものを信じないし信じたくなかった彼女は、体調が悪くて錯覚、幻覚に襲われたことにした。さすがに気味悪くてしばらく台所を離れたが、夫が帰宅してその話をしたら、苦笑されただけだった。疲れてるんだろうと。

彼女の夫もまた、そういう話は一切信じない人だった。

ところが深夜、熟睡していた夫は奇声に叩《たた》き起こされた。隣で寝ていたはずの妻が忍者のように天井に貼りつき、這《は》い回り、しばらくしてどさっと夫の上に落ちてきた。

彼女はその間のことを、何一つ覚えていなかった。気がつくと、夫の上に仰向けになっていたのだ。しかし夫に天井に貼りついていたといわれたら、そんなバカなとはいえなかった。昼間の怪奇現象の続きかと、うなだれてしまった。

「仕切りケースに何か憑《つ》いていたのか呪われていたのかと、捨てたけど。古道具屋で買った曰《いわ》く因縁のありそうな骨董《こっとう》品じゃなくて、量販店で売ってた安物の新品よ」

それから怪奇現象には遭ってないが、夫婦そろって今もオカルト系の話には懐疑的だ。

# 第五十二話

## 脳震盪《のうしんとう》

学生時代の彼女は、けっこうな築年数の安アパートに住んでいた。

まったくといっていいほど近所付き合いはしなかった彼女だが、さすがに住む人とは、顔を合わせれば会釈くらいはしていた。

「二十年経った今も、そのときの両隣にいた人の顔は思い出せるわ」

右にはチンピラっぽいけどなかなかの色男、左にはひたすら暗い大人しい地味な女がいた。色男のほうには派手な女や悪そうな仲間らしき男達が入れ代わり立ち代わり訪れた。左の地味女は彼女が知る限り、誰か訪ねてくることは一度もなかった。色男は年がら年中、朝から晩まで騒がしかった。地味女は、生きているのかというほど静かだった。

そんなある日、彼女は飲み会の帰りが深夜になってしまい、人通りのない裏道を一人で歩いていたら、派手に転んで頭をブロック塀にぶつけてしまった。血は出なかったが、脳震盪を起こしてしばらくうずくまっていた。

なんとか自宅に戻ったが、床に倒れこむや寝入ってしまった。目が覚めたのはまだ真夜中で、隣の騒音によってだった。酒も頭の痛みも残っていたが、意識ははっきりしていた。

左側からものすごい怒声と悲鳴、家具がなぎ倒され食器が割れる音などがする。右側は、静まり返っていた。またチンピラが暴れてると思ったが、あれっと思った。逆だ。騒々しいのは、地味女がいる左の部屋だ。

　これは事件かもと、近所付き合いをしない彼女もさすがに心配になって、玄関ドアを開けようとした……のだが。玄関ドアがない。

「二部屋はどちらも四畳半の、畳と板の間。せせこましい台所とトイレと風呂《ふろ》。なのにどうしても玄関にたどり着けない。まっすぐドアを目指しているのに、畳の間を出たら板の間、板の間を出たら畳の間、走っても走っても延々と同じ部屋が出てくる」

　後からそれは、頭を強打したことによって引き起こされた一時的な混乱だといわれた。

「パニックになって泣き叫んでいたら、通りかかった人が大家さんにいってくれて、合鍵《あいかぎ》でドアを開けて助けに来てくれたの。まだ泣きながら、隣の部屋が大変だと訴えたんだけど。左隣から騒音なんて、私以外には誰も聞いてなくて。

一応、大家さんが呼び鈴ならしたけど、どちらも不在だった。色男はさておき、地味女が外泊なんて珍しいなとは思ったけど」

　翌日、アパート中に知れ渡った。彼女の両隣の男女がそろって夜逃げしたと。

「共通の理由で一緒に逃げたのか、まったく別の理由で別々に消えたのか、すべて謎ですが。一番怖かったのは、私が脳震盪で左右も前後もわからなくなってたことですね」

# 第五十三話

## 脳内廃墟《はいきょ》

小学校、中学校と、大人しくて運動が苦手で肥満児だった私はいじめられっ子だったと、彼女はいう。お嬢様大学付属高校に進んでからは、いじめられなくなった。ダイエットもして可愛いといわれるようになって、親友も彼氏もできて楽しい日々になった。

なのにフラッシュバックというのか、ときおり何かでふっといじめられていたときのことを思い出し、思い出し笑いならぬ思い出し怒りをしていた。

今さらどうしようもない。いじめた子達とはもう会うこともないし、会っても仕返しなんかできない。だけど忘れようと努めても、逆に頭から離れなくなる。

「何でそんなことを思いついたかは忘れましたが、頭の中にお化け屋敷をこしらえました。うーん、お化け屋敷というより廃墟の心霊スポットかな。

現実にはそんなところに行ったことなかったんで、テレビや雑誌、ネットなんかで見たものを混ぜ合わせて作ったつもりでした。地方の町の住宅街の外れにある、二階建て。

そこに、特に私をいじめてて、特に私が恨んでいる四人を登場させます。男二人に女二人。こいつら中学のときのヤンキーグループで、みんな高校行かずに地元でチンピラになったりしてましたが、頭の中が中学生のままだから、卒業後もずっとつるんでたんです。四人が探検に入り込んで、中にいるお化けじゃなく潜んでいた変質者や殺人鬼に嬲《なぶ》り殺しにされるんです。それをねちねち、リアルに想像してました。

元々そんなホラー的な話が好きだったこともなく、それ系のゲームもしたことなかったのに。その廃墟といじめっ子達の殺戮《さつりく》は、ものすごくリアルに思い描けました。

不毛といえばそうなんだけど、現実に変な仕返しに走ることもなく、それでけっこう気が済んでたというか、気晴らしになっていたというか。

そうこうするうちに、脳内廃墟がますますリアルになっていって。ガラスの割れた玄関ドア、腐った畳に転がる古い炊飯器、奥の間の壁にかけられたご先祖の遺影の顔、座敷に続く朽ちた廊下の臭い、隅々まで実在するものみたいになっていきました。

だけど潜んでいる変質者や殺人鬼は、ぼんやりとした影のままなんです。

……私が大学を出て就職したばかりの頃、その事件は起きました」

例の四人が、有名な心霊スポットの廃墟に行く途中、交通事故を起こして全員が死亡した。崖下《がけした》に落ちて炎上、遺体はどれも凄惨《せいさん》な状態だったという。まさにたたりだ霊障だと、全国的なニュースにもなった。

「ネットで検索したら、あいつらが行こうとしてた廃墟が出てきたんですが。私が想像していたものとまったく同じでした。そこに潜んでいたのは……私だったんですね」

# 第五十四話　ベランダの不審者

その家族は、マンションの二階に住んでいる。夜中、まず男の子が目を覚まし、ベランダに男の人がいるとお母さんを起こした。お母さんには、女がいるように見えた。あわててお父さんを起こした。お父さんは、子どもがいるといった。

ベランダに、そんな何人もいたのではない。それぞれが、薄いカーテン越しに一人だけを見ている。ともあれお父さんが、誰だ、とサッシ戸を開けた。

そこには、誰もいなかった。改めて閉めて鍵をしっかりかけたが、しばらく三人は眠れなかった。子どもが生まれる前からここに住んでいるが、地方の静かな住宅地で、空き巣に入られたこともベランダに不審者がいたことも、一度もない。

二階だからちょっと無理をすれば上がって来られるし、心霊現象なんてのではないだろう。何も被害はないけど、一応は交番に相談に行こうと話し合った。しかし不思議なのはみんな見たものが違うことだ。それぞれカーテン越しだったので顔までは見てないが、

「お父さんくらいの歳で、お父さんよりちょっと大きめな体だった」

「髪の毛が腰のあたりまである、細くて華奢《きゃしゃ》な若い女だった」

「息子より小さい、幼稚園児くらいの子だった。たぶん男の子」

三人とも怪奇現象にするのも怖くて、とりあえず交番では不審者がいたからパトロールしてくださいと頼んでおいた。マンション管理人にも相談したら、

「お宅の他に、そんなことをいってきた人はいないけど。そりゃ危ないな」

といいつつ、犬を飼ったらどうかといってきた。ちょうど知り合いで子犬の引き取り手を探している人がいる、子犬といっても一歳過ぎてるから番犬になると。

もともと男の子は、犬を欲しがっていた。やってきたのはポメラニアン系の雑種で、確かによく吠《ほ》えるが賢く行儀もよかったから、夜は寝室に入れていた。

しばらくは何事もなかったので、次第に不審者のことなど忘れていった。そんな夜、またしても男の子が真っ先に起き、次にお母さんが起き、最後にお父さんが起きた。

犬が人の声でしゃべった、というのだ。

「お父さんくらいの、中年の男の声だった」

「あたしよりずっと若い女の声だったわ」

「幼稚園児くらいの男の子がしゃべったように聞こえたんだけどな」

そのとき三人はベランダ側は怖くて見られなかったが、それ以降は何も不審なことはない。不審者も来ず、犬もしゃべらない。

ただ、犬があのとき何をいったかは、誰も覚えていなかった。

# 第五十五話　アンパンオバサン

彼女が小学生の頃の話だ。放課後、いったん家に戻ってから仲の良かった同級生の友達の家に行った。その友達が、隣のクラスのキミちゃんちに行こうといい出した。

友達はキミちゃんと塾が同じで親しいようだが、彼女はキミちゃんの顔は知っていてもしゃべったこともない。ややためらったが、友達がさかんに誘うのでついていった。

友達も、キミちゃんとは塾ではよくしゃべるけど学校ではクラスが違うこともあってあまり遊べず、家に行くのも今日が初めてだといった。

キミちゃんちはそれまであまり行ったことがない方角の団地の一階にあり、まずは友達が玄関の呼び鈴をピンポンと押した。すぐにキミちゃんが出てきて、ドアを開けた。友達と彼女を見て、いらっしゃーいと明るく応《こた》えてくれたので彼女はホッとした。

玄関に立った彼女と友達は、キミちゃんの背後に小柄で小太りでアンパンみたいな愛《あい》嬌《きょう》ある顔でニコニコしているオバサンがいるのを見た。お母さんだと思い、お邪魔しますと二人はそろって頭を下げた。するとキミちゃんが変な顔した。誰にいってるの、と。

友達と彼女は、えっ、お母さんじゃないのと一瞬そのオバサンから目を離してキミちゃんに向き直った。キミちゃんは、お母さんは仕事に行ってて今は誰もいないという。

気がつくと、もうオバサンはいなかった。上がらせてもらうと、台所と二間だけの家の中はすべてドアも開けていて、本当にキミちゃん以外はいなかった。

あまり追及すると何か怖いことになると、言葉には出さなくても友達と彼女は直感していた。キミちゃんは別に変わったところもなく、テレビや漫画を見ておしゃべりして、夕飯の時間までには友達も彼女もキミちゃんちを出て家に戻った。

帰り道、オバサンがいたよね、と友達がぽつりといった。それっきり、あのオバサンが誰だったのかなと話し合うこともしなかった。なんとなく、怖かったのだ。

しばらくして運動会があり、参観していたキミちゃんのお母さんがきれいと話題になった。すらっと長身で細身、ハーフっぽい彫りの深い美女だった。

つまり、あのとき見たお母さんらしき人とはまったくの別人だ。やっぱり、あのときキミちゃんちにいたオバサンは謎の人なのだ。

うやむやのまま卒業して三人それぞれ違う中学校に進み、疎遠になっていった。

「本物のお母さんが小太りの愛嬌あるおばちゃんで、あのときふっと一瞬だけ現れた謎の人が美女だったら……もっと定番的な怪奇話になるのかなと子ども心にも思ったわ」

その後、かなり経ってからキミちゃんちは一家で夜逃げをしたと別の幼なじみに聞いた。その夜逃げにあのオバサンは関係があるのかないのか、何もかもあいまいなままだ。

# 第五十六話

## 三兄妹《きょうだい》の真相

これは近隣のアジア某国であった話だ。その国から来ている人に聞いた。

その二階建ての古い家には、全員が五十歳を過ぎた三兄妹が住んでいた。長男は独身のまま老親の面倒を見ていた。長女は結婚と離婚を繰り返し、借金まみれとなっていた。次男は結婚で家を離れたが、奥さんが亡くなってから戻ってきて地道に働いていた。

老親が相次いで亡くなってからも、三兄妹は仲良く暮らしていた……と、周りは見ていた。実際、兄妹間には目だった諍《いさか》いはなかった。

長女だけは、トラブルメーカーとして近所では知られていた。通学路の子ども達が騒ぐと学校に怒鳴り込み、道路工事の音で眠れないと役場に押しかけ、作業員達に怒鳴り散らす。家を間違えてちょっと庭に入ってきただけの人を泥棒呼ばわりして警察を呼ぶ。

そのたび、兄と弟がお詫《わ》びに出向いた。長女は子どもの頃や若い頃は、やや気の強い面はあったが、そこまで偏執的なうるさい女ではなかったと、兄弟だけでなく近所の人もいった。度重なる離婚であんなふうになっていったと、これも兄弟や近所の人はいう。

近所の人達が、少しは長女も大人しくなったなと思ったのは、近所の老朽化したアパートを取り壊してスーパーを建てる工事が始まったときだ。かなりの騒音だったのに、長女が騒がない。臥《ふ》せっているのかとも一部で噂されたが、近所の人達は道から二階の窓越しに長女の姿を見ていた。二階は二部屋あり、長女は常に奥の部屋のほうにいた。

スーパーもだいぶ出来上がってきた頃、長女が失踪《しっそう》した。何の書き置きも前触れも原因となるトラブルもなく、ふっといなくなったのだと兄と弟は警察にも届けた。

いなくなったとされる前日も、二階にいる長女の姿を見たという近所の人達がいた。ただ長女は、常に二階にいる姿を目撃されるだけで、道などで直接会った人はいなかった。

本人と会ったというのは、アパートの取り壊しに着手した時期が最後だった。

だがある日、親戚の人が何か不審に思って家を訪ね、二階で腐乱死体を発見する。

　それは失踪したとされている長女だった。長年、奇行と近所トラブルに悩まされ続けた兄と弟が殺していたのだ。その腐乱具合から、昨日今日死んだものではないとわかった。アパート取り壊しの時期に死んだようだった。じゃあ、その後も見られていた姿は何だったのか。

　幽霊だと最初はいわれたが、すぐにわかった。兄弟が交代で長女の服で女装し、長女のふりをしていたのだ。兄弟は、殺していないといい張った。自分達は二階の手前の部屋にしか行かない、奥の部屋は見てないと。本当に長女は出ていったと思っていたと。

　女装は、昔から兄弟のひそかな趣味だったともいったそうだ。真相はすべて謎だ。

# 第五十七話　嫌がらせの手紙

父親を早くに亡くした彼女は、母とともに中学の三年間だけ東京を離れた地方都市に住んだ。そのときあった怖い話を教えてくれた。

母が勤めている会社の社宅に住むことになったが、その社宅の人も近所周りの人も穏やかな優しい人達だった。それがあるときから、みんな妙によそよそしくなる。気まずそうにそそくさと立ち去ったり目を逸《そ》らしたり。

学校でも、明らかにひそひそと彼女の陰口をきいている子達がいる。母も会社でそんな目に遭い、あるとき母が思いきって社宅の人達に聞いてみた。私達が何かしましたかと。

何人かが、こんなものがポストに入っていたと見せてくれた。当時はまだパソコンなど一般家庭になく、家庭用ワープロで印字された手紙で、明らかに同一人物によるものだった。

「私の夫は殺人罪で長期刑を受けていますが、そろそろ出てくる頃です。ここの住所は知られていますが、もし訪ねてきても迷惑はかけないのでよろしくお願いします」

手紙の最後には、彼女の母親の実名が署名されていた。もちろん、すべて作り話だ。彼女の父は病死で、殺人で捕まった事実など何一つない。当時はパソコンやスマホがないので、検索も簡単にはできないゆえに、みんなは鵜呑《うの》みにしてしまったというのもある。

すぐに彼女の母は、行けるところには直接行って「嘘です」と釈明した。

もちろん警察にも届け、相談した。彼女の母には、本当に恨まれる心当たりがなかった。

そんなある日、彼女が風邪を引いて学校を休んで寝ていたとき、台所で水を飲んでいたら玄関ドアの外を行ったり来たりしている何者かの影が目に入った。あちこちの玄関ドア横のポストをパタパタさわっている音がするが、郵便局員のシルエットではない。

あいつだ。直感した彼女は、いきなり玄関ドアを開けた。古びて縮んだ中学校の体操服を着ているのに、しわしわのお婆ちゃん。そんな異様な人が立ちすくんでいた。手には封筒をいくつか持っている。彼女はかっとなって、その手紙をもぎ取った。

「やっぱり。あなた誰なんですか。何でこんなことするんですか」

中には、彼女の母の名前を騙《かた》った新たな嫌がらせの手紙が入っていた。変なお婆さんは青ざめて無言で立ち尽くしたままだ。そのとき、制服警官がやってきた。

またお前か、みたいなことをいってお婆さんの腕をつかんだ。そして彼女に、捕まえたから安心して、といってお婆さんを連れていった。

怖いので母に電話して帰ってきてもらい、一緒に近くの交番に行った。しかし警官が彼女の家にいったこともそんなお婆さんを捕まえた事実もなかった。

「お婆さんの正体も謎ですが、警官もまた何者だったのか……わからないんです」

# 第五十八話 案山子《かかし》

子どもの頃は近所や通学路の田んぼに、案山子というものがけっこう立っていた。だいたい藁《わら》で作って古着を着せて麦藁帽子や手ぬぐいをかぶせた、素朴なものだった。たまにマネキンの首を使ったり、妙に立体的に造形したリアルなものがあり、夕暮れ時や夜中に見ると本物の人間かと驚いたり、動いたように見えて怖くなるときがあった。

上京して田んぼなどまったくない繁華街に住むようになって、案山子のことなどすっかり忘れていたのだが。先日、妙な思い出し方をしてしまった。

ときおり行くファミレスに一人で行ったら、同世代と思《おぼ》しき女性三人のグループの隣のテーブルになった。聞き耳を立てなくても、彼女らの会話は聞こえてくる。

「その日、文化祭の準備で帰りが遅くなったのね。田舎だから夜道が暗いのよ。見知らぬおじさんとか不良っぽい人にすれ違うより、田んぼの案山子が不気味だった。

息切れするまで走ろうと決めて駆けだして……立ち止まったら、三体の案山子がそろって私の方を向いて、体揺らしながらげらげら笑ってたの」

「やだー、それも怖いけど。私なんか、追っかけられたことあるのよ。そいつ竹で組んだ奴だったんだけど、まさに竹馬に乗った人みたいな感じで追っかけてきたわ。待ってくれよ～、何もしないよ～なんて怒鳴りながらね。振りきって逃げたけど。

カッカッカッて竹が地面をひっかく音、今も覚えてる」

「私はね～、案山子にストーカーされたことあるわ。いつも通学路で見てて、なんか可愛いからふざけ半分、でもけっこう本気半分で挨拶《あいさつ》してたの。

そしたらあるとき、なくなってて。田んぼの持ち主が捨てたのかなと、ちょっと寂しく思ったわ。そしたら夜中に、勝手口で何かどんどん音がするの。お父さんが誰だっ、と怒鳴ってドア開けたら、例の案山子が勝手口の壁にもたれかかってた。

庭でその案山子、燃やしたわ。うん、髪の毛を焼く臭いがした。

男の服を着せて、白い布で作った顔に男の顔をマジックで描いてたのね。だからその案山子は男になっていって、私が好意を寄せたから恋心も返してくれたのよ」

……チラ見したら、本当に普通のどこにでもいる中年女性達だった。とてつもなく変な話をしているはずなのに、みんな普通の話をしている態度、口調だった。

もしかしたら、案山子が動いたり笑ったり恋をしたりするのは当たり前の何でもないことなのかと、私の方の常識と現実が揺らいできた。

ふと子どもの頃に見た田んぼと案山子を思い出し、私も何か案山子に怖い思い出があるような気がしてきた。どうしても、思い出せなかったが。

# 第五十九話 二度目の金曜日

彼とは五十歳を過ぎてから東京で知りあったのだが、同世代だし故郷もわりと近いので、子どもの頃の思い出話をすると、まるで同じ学校に通っていたように錯覚してしまう。

そんな彼が、子どもの頃ただ一つだけ不思議な体験をしたことがあると語ってくれた。

これも私もなつかしいなと声をあげてしまったが、彼も子どもの頃お稽古《けいこ》事をしていた。彼の場合、近くの公民館で毎週金曜日、そろばんの後に習字だったそうだ。

それが終わると、当時はまだ土曜は休みではなかったが半ドンというやつで、その次は楽しい日曜だ。だから彼は、金曜さえ乗り越えれば楽しいことばかりと思っていた。

「金曜は、走って帰るとちょうど大好きなアニメの番組が始まったんだよね」

ある金曜日、彼はいつものようにお稽古を済ませて猛ダッシュで家に帰った。アニメを見てから一家そろっての晩御飯だ。その夜はさらにうれしいことがあった。お父さんが、そのアニメの原作である漫画本を買ってきてくれていたのだ。

彼は早く読みたかったが、親が風呂《ふろ》に入ってパジャマを着て明日の支度をしてからだという。素直に従い、風呂に入った。気が急《せ》いていたのか、石鹼《せっけん》がつるっと手から落ち、なぜか蓋《ふた》が空いていた洗い場の排水口に滑り落ちてしまった。

ところが石鹸は、ひょこっとみずから飛び出てきた。……のではなかった。排水口から白くて小さな手が出てきて、石鹸をつかんでいた。ぽいっと放ってくれたのだ。あまりに唐突で、そして手が可愛くて、怖いとは思わなかった。

排水口をのぞいてみた後、自分の手を突っ込んでみたが、何もなかった。

深く考えないようにして風呂から上がり、いわれた通り明日の準備をした。土曜日だから、教科書やノートはいつもより少なめだ。

そして漫画を堪能《たんのう》して眠り、翌朝いつものように目が覚めた。ところが枕元に置いていたはずの漫画本がない。母にいうと、そんなもんないよという。そして今日はお稽古がある日だね、などという。えっ、今日は土曜だよと返すと、お母さんは金曜だという。

朝刊もテレビのニュースも、確かに日付は金曜だった。あわててカバンの中身を金曜の時間割に戻して登校した。そして習い事に行って走って帰ったら金曜のアニメをやっていて、お父さんが漫画本を手渡してくれた。

「だけど俺、アニメの内容も漫画本の中身も、そのときすでに知ってたんだよ」

ビデオやスマホなんて、影も形もない時代だ。金曜が二度やってきたとしか思えない。

「風呂……怖かったけど、二度目の金曜はあの手は出てこなかったよ。注意して排水口に石鹸を落とさないようにしたから。怪異の原因はあの手だと、今も思ってる」

# 第六十話　目撃

「私は目撃者……ってことになると思います。でも警察や関係者には名乗り出てないし、この先も名乗り出ることはないです」

　今も学生に見えるくらいの彼女だが、本当に学生だったのは十年くらい前のことだ。一人で地方のアパートに住んでいた彼女はある夏の夜、寝苦しさに目を覚ました。つましい生活をしていた彼女の部屋にはエアコンがなく、扇風機だけだった。二階だったが女の子一人暮らしなので、夜は窓を閉めて施錠している。その夜は耐えきれず、窓を開けて寝ようと窓辺に行った。

「窓を開けて、ちょっとは室内より涼しい風を顔に受けたとき、妙なものを見ました」

　アパートの周りはブロック塀が囲んでいるが、その上に女がいた。ちょうど彼女の部屋の真下辺りだった。そんな明るくもない外灯と月の光だけだったが、髪が長くて若い小柄な女というのはわかった。

「えっ、泥棒かなと思いました。そしたら女がいきなりぴょーんと飛びあがって、隣の一戸建ての二階の屋根に移ったんです。忍者か猿か、って感じでした。

あまりのことに、呆然《ぼうぜん》。その隣の家はアパートの大家さんの家なんですが、すぐに玄関から大家さんの息子が出てきました。物干しざおを持ってて、屋根の女をそれで追って突いてるんです。どちらも無言でした。

ちなみに息子さんは、四十過ぎて無職でした。賢かったのに、大学を中退してからずっと引きこもってたみたいで。めったに見ることはなかったんですが、大家さんちにいる四十歳くらいの男といえば息子さんしかいないわけですから。

女はすばやく立ったり四つん這《ば》いになったりして屋根の上を逃げ回ってましたが、息子が突き上げた物干しに足を引っかけて……どさっと落ちました。

そしたら息子さんが馬乗りになって、首を絞めてました。

もう、私は怖くて固まってて声も出ません。かろうじて静かに窓を閉めて、何も見なかったことにして布団に入りました。暑いとかもう、吹っ飛んでました。むしろ寒かった。

いつの間にか寝入ってしまったようで、翌朝パトカーや救急車、警官や野次馬の声によって目が覚めました。何食わぬ顔で降りていったら大家の奥さんが私を見つけて、

『昨夜、見知らぬ女がうちの庭に勝手に入り込んで自殺してた』

なんていうんです。本当に女は、大家さんちの庭の木にぶら下がってたそうです。

しばらくして、大家の息子さんは遠くの病院に入りました。女は今もって身元不明だそうです。自殺じゃない、大家の息子に……とはとてもいえません」

# 第六十一話　気を引きたい

ミュンヒハウゼン症候群なる精神的疾患がある。周囲の気を引きたくて、わざと健康を損ねたり、みずからを傷つけたりする。これが自身ではなく、献身的に看病する自分を賞賛されたくて我が子などを病気にしたりするのは、代理ミュンヒハウゼン症候群だ。

我が子に毒物を与え、入院させてからも看護師の目を盗んで点滴に細工したりして症状を悪化させた母親が逮捕された事件は、ニュースや記事にもなった。

バー経営者の彼は昔、その女性と深い交際ではないがちょっと付き合いがあったという。

「まだ彼女が結婚も離婚もしてない独身時代、つまり被害者となった子どもも存在してなかったくらい昔です。ぼくもまだ別のバーの店員だった。

同じアパートに住んで彼女も深夜営業の飲食店に勤めてたから、生活の時間帯が似ていたんです。しょっちゅう、ていうか顔を合わせるたびに、こんな話をしてきました。

『昨夜、アパートの前で女の子が変質者に追いかけられてて、私はゴルフクラブ持って飛びだそうとしたの。後先考えずかーっとなって、あの男ぼこぼこにしてやるって。そしたら誰かが通報したらしくて警官が来たから、女の子は助かった』

『今朝、店から帰る途中にマンション屋上から飛び降り自殺しようとしてる人を見つけて、私はどうなってもいいからこの腕に飛び降りて、と叫んだの。その人は私目がけて落ちてきたけど私の真横に落ちたわ。すぐ救急車で運ばれてった』

『バイト仲間の女子大生が客のストーカーに遭ってて、ついに刃物をちらつかされたなんていうから、私は自分が刺されてもいい覚悟で、一緒に帰ってあげるといったの。でもその子、大丈夫ですって一人で帰ってって刺されたのよ。幸い軽傷だったけど』

……わかりますか。これらの話って、彼女自身が最も強調したいのは自分の正義感の強さ、身を捨てて人を助けようとする優しさ、熱血さですよね。

でもって結局、自分は誰一人として直接的には助けてないでしょ。それ以前に、これらの話はみんな作り話ですよ。変質者騒ぎとか飛び降り自殺、店のストーカー事件、それらは現実には何一つなかった。あの頃から彼女、そういう人だったんです」

実は私はその事件を調べていて、雑誌記者に彼女についていろいろ聞いていた。彼女は高校を出てすぐ結婚していて、バイトも勤めたことも一人暮らしをしたこともないのだった。つまり、バー経営者も嘘をついている。雑誌記者には、こういわれた。

「これもナントカ症候群の一つかなぁ。バー経営の彼に限らず、事件を起こした人と知りあいだ、あの犯人と親しかったと嘘つく人がけっこういます。面識すらないのに。でも、取材の謝礼が欲しいだのは一切ない。ただ気を引きたいだけですよ、まさに」

# 第六十二話

## 分身

もう五十歳になるが、彼女は田舎町で小学校から大学まで実家から通い、就職先も近所で結婚相手も近隣の人だった。とにかく、今まで一度も地元を離れたことがないのだ。

そんな彼女には、不思議な子ども時代の記憶がある。

「まずは、小学校のときね。近所に、当時は珍しいレンガ造りの洋館があったの。空き家になって、お化け屋敷っぽくなってた。あるとき幼なじみのサカタくんてのが、探検に行こうと誘ってきた。怖かったけど、サカタくんを好きだったからついてった。

そしたら玄関脇の洋間に、緑色の毛布でぐるぐる巻きにされた人が転がってた。確かに人だったの。すっぽり頭まで覆われてて、最初は荷物かと思った。そしたら、ウーウーうなって転がったの。サカタくんも私も絶叫、パニック。逃げだしたわ。

かなり走ってから息切れして、どうにか落ち着いたけど。怖くて確かめにも戻れなかったし、空き家とはいえ勝手に他人《ひと》様《さま》の家に忍び込んだことも黙っておきたくて、そのままにしちゃった。その後、殺人事件だの死体遺棄だの、騒ぎは起こってないわ。

それから中学に入って、なんとなくサカタくんとは疎遠になっちゃった。ヨウコちゃんてのと仲よくなって、いつも遊ぶようになってたし。あるとき家に遊びに行ったのね。そしたらヨウコちゃん、いいものみせてあげる〜って蚊取り線香の箱を持ってきた。

中には蚊取り線香は入ってなくて、緑色の毛布に包まれたものがあった。バナナを半分に切ったくらいの大きさ。毛布を開くと、干からびてミイラ化した赤ちゃんだった。

『私の子なの。流産しちゃった』

すごく気持ち悪かったけど、ヨウコちゃんが怒りだしたら怖いからがまんしたわ。

それからヨウコちゃんを避けるようになって……。その後は何事もないの。だけど不思議なことがいっぱい。まず、例の洋館は古びたまま今もあるけど、人が住んでる。親によると、あそこが空き家になったことはない、あの一家はずっと住み続けているというの。大きさは違うけど、サカタくんと見た緑色の毛布の人も、ヨウコちゃんが見せてくれたミイラの赤ちゃんが中身だった気がしてならないのね。

もっと不思議なのは、幼なじみも元同級生も、誰もサカタくんとヨウコちゃんを知らない。卒業アルバムのどこにも載ってない。だけど私は本当に二人をはっきり覚えてる」

私は彼女の同級生だった人と知り合いだが、彼女が幼い頃に父親が失踪《しっそう》したままで、彼女の娘が中学で非行に走ってチンピラと同棲《どうせい》し妊娠、中絶手術の後は高校に行かせず遠方の親戚《しんせき》に預けたことは本人も話さなかったし、私も黙っていた。

彼女のいうサカタくんとヨウコちゃんは、たぶん自分の分身なのだろう。

# 第六十三話　夢での事故

「まぁ、一番の理由というか原因は失恋、ということになるでしょうね」

もう子どもも小学生になり、家業を継いで真面目に働いている彼は、もともと大人しい良い子だった。大学で初めて女の子と交際し、舞い上がった。しかし一年ともたなかった。彼女に新しい彼氏ができたからだ。

「本気で彼女とその新しい男を殺して、自殺しようと思い詰めました。でもその男の方があらゆる面で強いし、彼女からはストーカー扱いされて警察呼ばれたり、ぼくは居づらくなって大学を中退しました。

しばらく親には中退したことはいえなくて、学校行くふりしてゲームセンターやパチンコ店に入り浸って、消費者金融だけじゃなく闇金からもお金を借りたりして。バイト先にもゴミか虫みたいなチンピラが取り立てに来るし、心身ともにぼろぼろでした」

あるとき彼は、真夜中に自室で薬物と強い酒をあおった。そのとき、嫌な夢を見た。

「ある繁華街に近い交差点で、ぼくがふらふらーっと車道に出てって、軽乗用車に轢《ひ》かれて……死にます。

それがすごくリアルなんですよ。ぶつけられた衝撃、道路の固さと骨が折れる音や感触に、周りの悲鳴、こんな死に方するんだ、あーあ、だったらあいつらやっぱり殺しておけばよかった、なんて考えたりしてました」

夢うつつのときに彼は親に見つかり、救急車で搬送されて一命を取り止めた。

「何日か病院でボーッとしてたんですが、家に帰ってきてスマホ見たらびっくり。ものすごい数の着信やLINE、メール。いろんな知りあい、友達からでした」

親によると、自宅にもいろいろと友達やバイト先から電話などがあったという。

「みんな、同じ夢を見たんだそうです。ぼくが交差点で轢かれて死ぬ夢」

友人、知人は夢があまりにも生々しくて、正夢ではないかと心配したのだそうだ。

「みんなに心配してもらって、やっと吹っ切れました。バカなことした、もう二度とあんな真似しないと誓いました。治療や後遺症が苦しかったってのもあるけど」

不思議なのは、その交差点は大学からもバイト先からも離れていて、あまり通らない場所だったことだ。前の彼女の家が近いなんてこともなく、二人で歩いた思い出もない。

それから彼は専門学校に入り直し、故郷で見合い結婚し、その後は何事もなく穏やかに暮らしている。前の彼女とは一度も会ってないし、SNSアカウントを探したこともない。

「もう変な夢は見ませんけどね。あの夢の中でぼくを轢いた軽乗用車を彼女が運転してたのは、誰にもいってません」

# 第六十四話 人と環境による霊感

うちの娘より若い彼女はしかし、いろいろと苦労をしてきたようだ。家庭の事情で高校を中退してから男も住居も仕事も転々とし、親に紹介できない男や人にいえない仕事、住民票もなく隠れ住んだ部屋などもあるらしい。

今は小さいながら責任者として飲食店を任され、真面目な旦那《だんな》さんと可愛い子どもにも恵まれ、普通に幸せに暮らしている。

「私って環境はいろいろとアレだったし、出会った人達にとんでもないのが混じってたりもしましたが、基本は普通の子、平凡な女なんですよー。

男関係が派手だったのは、水商売や風俗のバイトしてた頃だけです。嘘つくのが日常になってたのは、悪いマルチや裏金融に関わってた時期だけだったし。薬物にちょっとハマったのも、売人と同棲してたときだけで……。

つまり、環境と出会う人間で『私もそうなってた』に過ぎないんですよ。現に今のカタギの仕事をして、まともな旦那と暮らして、普通に人のいいママ友や客や仕事関係の人と接している今は、私自身もそういう普通の人になっちゃってるし」

そんな彼女がいっとき、霊感があったというのか幽霊が見えた時期があったという。

「私の半生の中では、わりとまともな時代です。昼はファミレス、夜は居酒屋でバイトして、付き合っていた男もちょっとチャラいけど普通の大学生。下町の安アパートだけど、他の住人も地味な人達でした。だけどその時期だけ……」

下半身のない女がふわふわしながら店内に入ってきて、一周してから窓をすり抜けて出ていったり。厨房《ちゅうぼう》にしばらく前に亡くなった料理人がいて、灰色の顔で換気扇をじっと見あげていたり。彼氏の背中にべったり、半ば白骨化したお婆さんがしがみついていたり。

その前にやってた薬物の後遺症かな、とも思いましたが。どうも違う。

後で何かの雑誌でバラバラ殺人の被害者の顔見たら、店に入ってきた女だったり。料理人は、前日まで換気扇の故障を気にしていたと聞かされたり。彼氏はバカの友達と、お婆さんが白骨化して見つかった廃屋で肝試しなんかやってたと知ったり。

あー、本当に私は霊感あってそういうのを見てたんだなと後からその事実を突きつけられました。だけどなんでその時期、その仕事、その交友関係のときなんだろ、ってのが一番不思議です。短期間だけど葬儀屋や特殊清掃のバイトしたり、お坊さんの愛人やったり、インチキ占い師の霊感商法の手伝いとかやってたときもあるんですよ。

霊感が芽生えたり幽霊見たりって、そういうときに起こりそうじゃないですか。でもそういうときは、霊感0でした。あの霊感あり期は誰の影響だったのか、ほんと謎です」

# 第六十五話　親子続けて

今もって不思議な幼少期の記憶、不可解な思い出があります。と、彼はいった。

「まずは、おそらく幼稚園児の頃ですね。母と風呂《ふろ》に入ってました。志麻子さんは幼少期の風呂は岡山の田舎の一軒家の五右衛門《ごえもん》風呂だったといってましたが、ぼくは都会のマンション育ちなので、せせこましいユニットバスでした。

もうあがるから、肩までちゃんと浸《つ》かりなさい。母にそういわれて、ぼくはふざけて頭まで一気に沈めました。そのとき風呂の湯の中に、どこかの海底が見えたんです。

何か遺跡のような石像や神殿らしきものの形と影が、はっきり見えました。巨大なウナギみたいな深海魚がぐるぐると柱の周りを回ってた。マンションのユニットバスなのに、果てしなく広く深い海の底とつながってたんですよ。

急いで顔をあげて、母にいいました。海があった。母は笑っただけでした。冗談だと思ったんでしょう。でも、もう二度と風呂でその海は見なかったな。

次が、小学生のたぶん高学年の頃かな。うちに、古いラジオがあったんです。もはや骨《こっ》董《とう》品といってもいいような、祖父の形見とかで。捨てずに、本棚の隅に置いてあった。

あるとき一人で留守番してたら、突然そのラジオから声がしたんです。途切れ途切れだし雑音がひどくてはっきり聞きとれなかったけど、女がか細い声で助けを求めてました。

『私は殺される。心残りは子ども』

それだけが、わかりました。ぼくは話しかけてみました。どこにいるの。でも、それっきり。ぷつっと声は途切れた。

帰ってきた親にいったら、そのラジオは壊れてるから何も聞こえるわけがない、お前は窓の外の通りすがりの変な声を聞いただけだなんていうんです。

今も両親は実家で健在なんで、たまに帰ったときこの話をしますが。子どものときにいわれたのと、まったく同じことをいわれて苦笑されますね」

そんな彼は遅めの結婚をして、四十半ばになってから子どもができた。幼稚園児になった子どもが先日、ママと風呂に入ったら海があったなどといい出したそうだ。

「どんな海だったか聞いたら、石像だ神殿だ巨大ウナギだ、ぼくが子どもの頃に見たのと同じなんですよ。妻も母と同じく冗談だと笑っただけでしたが」

彼は実家に戻って、祖父の形見の古いラジオをこっそり持ち帰った。

「うちの子が小学生になったとき、このラジオから女の助けを求める声を聞くかどうか試したいんですよ。聞いたときやっぱりぼくと妻は、お前は窓の外の通りすがりの変な声を聞いただけだ、と答えなきゃいけないんでしょうね」

# 第六十六話

## 根性なし

学生時代ちょっとつき合ったバイト先のフリーター男性が、幽霊だの異次元だの呪いだの、つまりオカルト系の話が大好きだったため、その時期だけは彼女もそちらの世界に引き寄せられていたという。

彼は作家志望で、オカルト系の小説やエッセイみたいなものを書いてブログなどで発表していたが、彼女が読んでも出来はイマイチで、プロとしては無理だろうと思っていた。

彼女と知りあったバイト先は辞め、次のところに移っていたが、そこもすぐ辞めた。平気で学生で年下の彼女に金を借りに来た。夢追い人のつもりだが現実逃避しているだけ、いろんなコンプレックスが強いのに根拠なき自信でもって他人を見下す……。

そんなある日、彼に廃墟《はいきょ》探訪を誘われた。車で一時間ほどのところに廃病院があり、そこは出ると評判なのだと。これまでも何度かそういうところに連れて行かれたが、もううんざりだった。そこで別れ話をしようと決め、出かけた。

廃病院は割れたガラス窓、錆《さ》びたベッド、壊れた医療器具やはがれた壁にタイル、典型的かつ類型的な廃墟で、しかし彼女はあまり不気味さは感じなかった。あまりにも絵に描いたような雰囲気なので、お化け屋敷か撮影用のセットにすら見えた。

そこで彼はいちいち、死者の気配があるだの、女の子の影が見えただの騒いでいる。彼女は白けてしまって、本当に具合が悪くなったから帰りたいと告げた。

翌日から具合が悪いままというのを理由にして、彼と連絡を絶って会わなくなった。着信拒否にして、実家に戻った。偏屈で人見知りの彼は友達も少なく、彼女と共通の知り合いもいなかったから、彼女から連絡を絶てばそれっきりだ。

その頃から、彼女は毎晩ではないが嫌な夢を見るようになった。あの廃病院が出てきて、彼女は一人さ迷う。すごい化け物は出てこないが、常に暗く嫌な雰囲気が漂っている。

新しいバイト先に、霊感が強いといわれている女性の先輩がいた。その先輩は彼のような自称ではなく、本当に見えていると感じられたから、諸々《もろもろ》の相談をしてみた。

「あ〜、あなた廃墟に入り込んだね。そこに潜んでいるのは病院で死んだ人じゃなくて、あなたに未練がある生きた人だよ。その人は、あなたに冷たくされるようになったのは廃病院のせいだと、廃病院を恨んでいる。

つまりその人は病院に取り憑《つ》かれたんじゃなく、その人が病院に取り憑いてる」

それからしばらくして、彼は遺書もないままに自殺をしてしまった。聞いたときはさすがに彼女もショックを受けたが、廃病院の夢は見なくなった。

「死んだら、病院にも私にも取り憑かないんですね。死んでも根性なしだわ」

# 第六十七話 人目を引く

仕事で何度か会っただけだが、彼女は顔にも体にも強い印象を与える特徴はない。十人並みの中肉中背だ。服装も髪型も持ち物も何もかも一般的、声が大きいだの騒がしいだのもなく、言動もいたって普通。体臭や口臭が強いなんてこともない。

つまり良くも悪くも人目を引くことのない、地味な人だ。自意識過剰であるとか、ある種の精神的な疾患を抱えているとか、それもない。

「それって不定期なんです。一週間おきに三か月くらい続く時期もあれば、一年おいて一日だけってこともありました。この前あったのは半年くらい前かな。三日ほど続きました。それで昨日、また来た～って感じです。一日で終わればいいけど」

何かといえば、道行く人みんなに振り返られ、街なかで注目され、すれ違う人達に凝視されるというのだ。知り合いも通りすがりも、みんな彼女に釘付《くぎづ》けになる。

「始まったのは中学生になった頃かな。そのとき思春期で自意識過剰になる時期だから、見つめる人に正面から聞きました。だけど、誰も答えられない。

色気づく頃にそんなことがあると、私ってもしかしてすごい美人、色っぽかったりするのかなと勘違いして、見つめてくる人に近づいたりもしました。でも、近づくとそそくさとあっち行っちゃうし、特に私に興味があるわけでもないのがわかります。

もしかして霊が憑いてるとか、と本気で悩んで霊能力者に相談にも行きました。だけど、何も憑いてないって。私も、取り憑かれるような覚えもないし。

その影響で、ことさら目立たない人になろうと意識するようになったんです」

実は私も、その日はなぜだか自分でもわからないけれど彼女に目がいってしまってどうしようもなくなっていた。あるビルのエレベーター前で彼女に会ったのだが、そのとき一緒にエレベーターに乗った人が私も含めて全員、彼女を見つめていた。

彼女はそれに気づき、私に話しかけてきたのだ。必死に考えたが、わからなかった。

それまでは仕事の場であたり障りない会話しかしなかったが、ふと興味を抱いて彼女を行きつけの店に飲みに誘った。そこで仲良しのママがスマホで写真を撮ってくれた。

連写のボタンを押していたようで、一度のシャッターで何枚も同じ写真が撮れていた。

その中の一枚にだけ、妙なものがあった。彼女の頭のつむじあたりに、目がある。その写真の前後のものには、映ってない。時間差は〇・一秒くらいではないか。

あ、みんなこれに気づいて見つめちゃうんだ。あまりに一瞬なので記憶に残らないけど、違和感は残るんだ。なるほどとわかったような気がしたが、どうにも彼女にはいえなくて、その画像はこっそり消去した。

# 第六十八話

## 一瞬の幻

二十年以上も昔の話なんですが、と彼はいう。まだ学生だった彼は、初めて彼女といえる存在ができた。大学は違うが同い年で、あるサークルで知りあった。携帯電話は一般的になりだしていたが、地方からの苦学生だった彼と彼女は持っていなかった。

夏休みに入る直前、初めて彼が彼女の住むアパートを訪ねていった。下町の商店街にある、何の変哲もない二階建てのコーポだ。一階にコンビニが入っていた。

彼女が手料理を用意してくれていたので、彼は緊張をほぐすため、そしていっそう盛り上がるためにと階下のコンビニでビールを買ってくることにした。

実は、カレーは好物だが添えられたサラダにトマトがたっぷり入っていて、子どもの頃からものすごくトマトが苦手だった彼は、どう言い訳して残すか気に病んでもいた。

鉄製の外階段を降りたところで、彼は熱されたアスファルトと陽炎《かげろう》に目まいがした。そして気がつくと、見知らぬ風景の中に立っていた。

田んぼの中の、まだ舗装されてない土ぼこりの舞う田舎道。のどかな小川が流れ、遠景には青々とした夏の山脈が広がり、田んぼの向こうにはいくつか素朴な民家が見えた。

見知らぬ場所でもあるのだが、どう見ても平成ではない。人影はないが、民家のたたずまいもその前に停めてある車も、昭和半ばのものに見えた。

彼はしばらく呆然《ぼうぜん》としていたが、我に返ると駆けだした。ここはどこだ。彼女のアパートはどこにいった。遠くには行っていない。ただ階段を降りただけじゃないか。

冗談じゃねーよ、何なんだよこれ、わめきながら駆けだした。とりあえず、一番その場から近いところにある民家を目指した。古めかしい磨《す》りガラスの玄関ドアを必死に叩《たた》いたが、誰も出てきてくれない。ところが引いてみたら、あっさり開いた。

中は真っ暗で、人の気配はなかった。あのー、声を上げたところで、また場面が変わった。気がつくと、彼女の部屋で向かい合って坐《すわ》り、カレーを食べていた。

彼女は本当に、何事もなかったかのような顔と態度だ。俺、コンビニに行く途中で少し道に迷ったとつぶやけば、彼女は冗談として受け止めて笑った。

どうも彼は、すんなりコンビニに降りていってビールを買って、さっと帰ってきたようだ。あれは白昼夢だったのか。目まいを起こした一瞬で見た、幻だったのか。

「だけど、もっと不思議なことがあったんです。サラダのトマトがなくなってて、彼女はあなたトマト好きなのね、なんていったんです。

ぼくがさ迷っているとき、もう一人のぼくがトマト食べてたのかな」

それが理由ではないけれど、ほどなくして彼女とは別れたそうだ。

# 第六十九話 一瞬の記憶

これは前の話とは登場人物も場所も違う、無関係な話なのだが。似た雰囲気がある。

彼は小学三年生の夏休み、初めて親と海外旅行に行った。日本人に人気の南の島で、日本語は通じるしあまり外国って感じがしないなぁと、子ども心にも思ったそうだ。

晩ご飯の後、親と繁華街を歩いた。屋台が連なっていて、さすがにそこでは異国情緒を感じた。日本の金魚すくいみたいな屋台があり、彼は思わずしゃがみこんで見入った。

親には、取っても日本に持って帰れないでしょう〜、あっち行って服買おうとながされた。そのとき父が、イカ焼きまである、あれ食いたいなとその場を離れた。彼はまたその場にしゃがみこみ、金魚の群れを見ていたのだが。

気がつくと隣に同い年くらいの男の子がいて、話しかけてきた。ランニングに短パンで、真っ黒に日焼けしたその子は、明らかに現地の子だった。不思議なことに、現地の言葉で話しかけられているのに、彼にはすべて通じていた。

「君のお母さんも、あっち行っちゃったよ。二人で遊ぼうよ」

彼はその異国の男の子について行った。人ごみをすり抜け、商店街を通りぬけ、けっこうな距離を歩いた。少しも不安だと思わず、わくわくしていた。

突如として現れたのは、誰も住んでいないのがわかる廃墟《はいきょ》だった。コンクリート壁が崩れ、ガラス窓はすべて割れている。しかし南国であるのと野生の鮮やかな花がおびただしく巻きついていることで、陰気な感じはしなかった。

男の子に連れられて中に入ると、がらんとしたコンクリートむき出しの部屋の真ん中に巨大な水槽があり、金魚がたくさん泳いでいた。一匹あげるよと男の子がいう。

日本に持って帰れないとはいえず、どこからか引っ張り出してきたビニール袋に赤い金魚を入れてもらった。それをぶら下げて外に出たら……あの屋台街に戻っていて、自分は金魚すくいの屋台前にしゃがみこんでいた。

男の子はいなくなっていて、もらった金魚も消えていた。そして傍らには母がいて、イカ焼きを買ってきた父が向こうから走ってきた。

「つまり、男の子が現れて一緒に廃墟まで行って金魚もらって帰ってくるまで、ぼくとしてはけっこうな時間が経過していたんですが。現実には一瞬だったんです」

さっきの話は、してはいけない。なぜか彼は強く思った。ホテルに戻る途中、ある民家の家の中が見えた。南国だから開け放しているのだ。日本のそれとは違うが、明らかに死者を祀《まつ》ってある祭壇みたいなところに、古びたあの男の子の写真があった。

写真たての隣に金魚鉢があり、赤い金魚が泳いでいた。

# 第七十話

# 噂の上級生

彼女は九州地方の出身なのだが、大学進学で東京に出てきてそのまま就職も結婚もして、地元で暮らした日々より東京でのそれの方が上回ってしまった。

そんな頃、突然に高校の同窓会のお知らせが来た。二十年目の節目に集まりましょうと。幹事の同級生達は特に親しくなかったが、それなりに思い出はあった。

そのうちの二人が別々の理由でちょっと上京することになり、事前にミニ同窓会をしようとなった。なつかしい九子、州美と彼女の三人は居酒屋の個室で会った。

自分達のこれまでや近況報告、かつての同級生達の噂話が一巡してしまうと、誰からともなく二つ上の大分《オオイタ》さんの話になった。同級生ではなく、三人の誰とも親しかったわけではないのに。大分さんはものすごいワルではなかったが、何かと噂になる上級生だった。

特に美人ではないがおしゃれで、すごく素行が悪いのではないがいつも彼氏がいた。

大分さんは、卒業間際に中退してどこかに行ってしまう。何度も妊娠中絶を繰り返して、もう産めなくなるよと医者に怒られたから産むために……という噂が流れた。

彼女も九子も州美も当時その話は聞いたことがあったが、忘れ去っていた。二十年ぶりになぜこんなに大分さんの話題で盛り上がるんだと、三人は苦笑した。

そのうち、九子がトイレに立った。戻ってくると、妙な表情をして何かいいかけ、口をつぐんだ。続いて州美がトイレに行き、やっぱり九子みたいな感じで戻ってきた。そして彼女がトイレに行き……大分さんに会った。まだ三十くらいの若さに見えた。

「そこのトイレは完全に密室にならず、ドアの上の方が人の顔が一つ入るくらい空いてるんです。用を足しながらふと何か気配を感じて顔を上げたら、その隙間から大分さんがのぞいてました。びっくりとか恐怖とかより、あ、まずいな、ってうろたえました。なんだろ。私が恥ずかしいとこ見られたじゃなく、私が大分さんのいけないところをのぞいてしまった、そんな感じだったんです」

トイレから帰ると、彼女は九子と州美にはっきりいった。大分さんがいた、と。とたんに九子と州美も、私も見たのよーっと叫んだ。

「手を洗ってたら、背後に立たれた。鏡越しに目が合ったわ」

「私はドアをノックされて、『大分だけど～』といわれた。開けたら誰もいなかった」

二人は地元に帰った後、知り合いに大分さんの話を聞いて回り、彼女に知らせてきた。

「すごい借金して子ども置いて東京に夜逃げして風俗とかやってたけど、十年くらい前からぷっつり消息不明になってんだって。たまたま東京で私らを見かけて、なつかしくなってついてきたのかな……同級生でもないのに。って、十年前に死んでるなら私らより若いままなんだね」

# 第七十一話 すぐに住人が替わる部屋

今の家に住み始めて、もう二十年は経ちますと彼女はいう。結婚してしばらくアパート暮らしだったけど、がんばって建てたマイホーム。

十年目に、道路を挟んだお向かいに昔の自分達が住んでいたような二階建てアパートが建てられた。特にそこの人達と付き合いはないが、入居当時からいる人達とは顔見知りとなり、道や近所のスーパーなどで会えばあいさつや軽い世間話くらいはする。

しかし、二階の真ん中の部屋だけは妙に住人が入れ代わり立ち代わりしていた。

「上下ともに三戸入ってて、一階の人達はみんな古株ね。二階の両端もまあまあ長くいるわ。だけど二階の真ん中の部屋って、入居してきたと思ったらすぐ引っ越していく。

でも、いわゆる事故物件ていうんじゃないの。殺人事件も自殺もないし。だけど長くて半年、みんな数か月で出ていく」

というのも、彼女は二階のベランダに洗濯物を干すのが日課だ。意図的に覗《のぞ》き見しようとしなくても、向かいの二階の真ん中の部屋が真正面にあるから見えてしまうのだ。

「実は私……子どもの頃から、普通は見えないものが見える体質なんですよ」

向かいの真ん中の部屋の窓には、いつもではないが男の子が張りついているそうだ。

「幼稚園児くらいかな。坊主頭で小柄。すごく日焼けしてて裸だから、なんとなく真夏に海水浴かプールで死んだのかなと思う。いつも後ろ向きだから、顔はわからないけど」

その男の子は真ん中の部屋の住人にではなく、部屋そのものに取り憑《つ》いていると思われる。住人が入れ替わっても男の子は消えず、窓に張りつき続けるからだ。

その子は引っ越していかない、古株の住人の一人ともいえた。

「私は見えるとはいっても、その道のプロじゃないから……その男の子がどういう素性で、何が理由でその部屋の窓に張りつくのかはわからない」

そのあたりで、海水浴やプールで亡くなった子がいるとも聞いたことはない。

「あの子の姿は見えなくても、覗きこまれる気配は感じてみんな出ていくんだわ」

そんなある日、彼女はいつものようにベランダで洗濯物を干していたら、例の男の子が窓に張りついているのが視界に入ってきた。その時初めて、金縛りに遭った。

「男の子が初めて、顔だけこっち向けたの。そのときこれも初めて、わかった。男の子は日焼けじゃなかった。溺《おぼ》れ死んだんじゃなかった」

顔は真っ黒に焼けただれ、髪は坊主じゃなくて燃えてなくなっていたのだ。

翌日、その部屋は小火《ぼや》を出した。すぐ消し止められて延焼もなかったが、その日から男の子は見えなくなった。小火との因果関係はわからないが、その住人は今も住んでいる。

# 第七十二話 異形の物

謎を解明したいとか、真実を追及したいとか、一切ないです。と、彼は最初にいった。

彼が小学生の頃だから、三十年くらい昔の話になる。親が離婚して母と引っ越し、転校をした。暴力的な父親と離れられたことに、ほっとしていた。

隣の席の勝気な女の子が何かと気遣ってくれ、彼は初恋というものを意識した。

彼女もまた、母子家庭だった。彼女によく似た母は、商店街にある小料理屋をやっていた。その商店街は母とよく買い物などに行ったので、彼女の母と会うこともあった。

如才なく愛想よくあいさつや世間話をしてくる様子に、母とは違う色気やダークさがある大人の女だというのは子ども心にも感じ取った。ときおり見かける、彼女が「ママの旦《だん》那《な》さん」と呼ぶ男も、堅気ではない雰囲気があった。

彼女が「ママの旦那さん」に乱暴な扱いを受けているのは噂になっていたし、彼も別れたはずの父がいまだに母に未練があって、当時はそういう言葉も概念もなかったがストーカー的なことをしているのを悩んでいたが。学校では、互いの親の話はしなかった。

夏休みに入って、彼は母方の祖父母のいる田舎に預けられた。携帯などない時代だから、たまに母とは電話で話すくらいで、遠方にいるので登校日も出席せずプールなども行かなかったから、彼女とも会うことはなかった。

　夏休みの終わり、母との家に戻った。何かの用事で母が外出し、彼は留守番をしていた。アイスを食べようと台所に行ったら、床に妙なものがあった。彼は今もそれをありありと覚えているし、後にネットで検索もしてみたが、まったく正体はわからないままだ。

　見た目も大きさも大福餅《だいふくもち》っぽい。ただ、ぼんやりと肌色をしていて、こまかく血管みたいなものが走っている。たまにひくひくっと蠢《うごめ》く。生き物か内臓。違和感と不気味さに、彼はさわることもできなかった。母に捨ててもらおうと、自室に戻った。

　いつの間にか昼寝をしていたらしい。気がつくと母は戻っていて台所で晩御飯の支度をしていた。変なものがなかったかと聞いても、何も見てないという。

　夢だったのかと思っていたら、母が商店街まで味噌《みそ》を買いに行ってきてという。彼は小銭を持たされて商店街に出た。まだ開店してない彼女の母の小料理屋の玄関前に、あの得体の知れない物が落ちていた。見なかったことにして走り去った。

　二学期が始まり、事件が起こった。彼の父が事故死し、彼女の母の旦那さんが喧嘩《けんか》で刺されて死んだのだ。父は事故死ではなく自殺ともいわれたが、母は何も語らなかった。

　あの変なものが関わっているのかどうか、どうにもわからない。彼女とは別々の中学校に進み、それっきりになってしまった。消息を知る人も、いない。

# 第七十三話

## 死の気配をまとった「もう一人」

「私が殺されてたかもしれないんですよね。でもってそのとき殺されちゃった人は、私が殺されていたら今頃は普通に生きているんでしょう」

今は落ち着いている彼女だが、十年くらい昔はかなり荒れた生活をしていたという。ある夜、ナンパ待ちをしながら繁華街をふらついていたら、すーっと車が近づいてきた。

「ドライブしよう、みたいなこといわれたんです。どうせホテルが目的のくせにと思ったけど、車も本人もまあまあだったんで、いいかな、と」

他愛ない話をしながら郊外に向かう道路に出たが、何か違和感を覚えた。

「声がしたとか変な振動があったとか何か臭ったとか、そんなの全然ないんですよ。ただもう、嫌な気配っていうか。誰かもう一人いると感じたんです」

一人だと思って男の部屋に行ったらもう一人潜んでいて、二人がかりでひどい目に遭わされた、といった経験も何度かあったが。今回はそれとは違う。車内に人が隠れている隙間はない。じゃあ、トランクか。迫りくる嫌な気分に、吐き気がしてきた。

「だからできるだけさりげなく陽気に、喉《のど》かわいた、ジュース買ってよ、とおねだりしたんです。ちょっと脇に入ったところに自販機があって、そこに停めてもらいました。彼が買ってくるというのをとどめて、わざとらしく鼻歌なんか歌いながら降りて自販機に近づくふりして……猛ダッシュで逃げました。

もう無我夢中で走れるだけ走ってったら、見知らぬ住宅街の外れみたいなとこに出て、行きどまりに家がありました。助けてーっとドアを叩《たた》いたら、鍵《かぎ》がかかってなかった。空き家だったんです。だけど怖くて駆け込んで、しばらく息をひそめてました。中はほこりっぽくてがらんとしてたけど、やっぱり誰かの気配がしました。見えないけど、いる。それはさっきの車の中で感じたのと、同じ人のものでした」

何日かして、少し遠い河川敷で女の死体が見つかる。一週間ほどして、犯人が捕まった。テレビで見たとき、あっあいつだとわかった。男は車で女を連れ去っては暴行していたが、その夜はついに殺人までしてしまっていた。

「だけど、殺された女の人は私の後に連れ去られてたんですよ。だから、私が車に感じた『もう一人いる』ってのは、彼女ではないんですよね。

その後の空き家で感じた人。同一人物だと直感しましたが、そのとき彼女は別の場所に連れ去られてたんですよ。だからやっぱり、彼女じゃない。

それともやっぱり彼女で……まだ生きていたけど、もう死ぬのが確定していたから、その死の気配を醸し出していたんでしょうかね」

# 第七十四話

## ぶどうゼリー①

「怖いというより、不思議……ううん、なんかわけわかんない経験ですね」

と、うちの息子くらいの彼は首をひねる。一人暮らしをしている彼は、ある朝いつものようにアパートを出て会社に向かった。まずは最寄り駅だ。同じ時間帯の地下鉄にいつも乗っていると、顔見知りができる。その女は、見覚えがなかった。

彼はホームのいつもの場所に立っていたのだが、その階段脇の壁の前に来た彼女は、母親よりは若い世代に見えた。化粧っけはないが明るめの茶髪に、地方のヤンキーが愛用するようなスウェット上下にクロックスの靴。目が細く団子鼻。

彼女はスマホで電話しているのだが、どすの利いた声で相手とケンカしていた。いや、一方的に責めたてているふうだった。聞こうとしなくても、隣にいるから耳に入る。

「夜道じゃなくても車には気をつけろよ。まぁ、お前の好きなぶどうゼリーくらい見舞いに持ってってやるよ。……みたいなこといってるのが印象に残りました」

電車が来て、彼も彼女も乗り込んだ。満員とまではいかないがけっこう混んでいたので、さすがに彼女も通話はやめた。しかし彼女の怒りと恨みは、ふつふつと中で煮込まれているのが近くにいる彼にも伝わってきた。

彼の方が先に降りた。その駅ではかなりたくさんの人が入れ替わる。降りるとき振り返ったら、彼女は空いた席に腰かけていた。確かに、彼女はそのまま乗っていった。

彼は地上への階段を早足で上がったところで、足がすくんだ。そこにさっきの彼女がいたのだ。間違いなく彼女は次の駅まで運ばれていった。そこから電車を乗り換えて引き返してこの駅で降りたとしても、彼より先に出られるわけがない。

そっくりさんではなく、彼女本人だった。スマホで電話しているが、さっきとまったく同じことをいっていた。夜道じゃなくても車には気をつけろよ。まぁ、お前の好きなぶどうゼリーくらい見舞いに持ってってやるよ。

なんか気味悪いなと、彼はそそくさと横断歩道を渡ってあちらに行こうとした、のだが。横断歩道の中ほどで、突然ものすごい衝撃を感じて彼はひっくり返った。目に見えない車に撥《は》ね飛ばされたみたいだった。

周りもざわめいた。彼が一人で転んだにしては、飛び方が派手すぎた。本当に車に撥ねられなければ、あんな吹っ飛び方はしないと手助けしてくれた人も驚いていた。現実には、彼は一人で転んだに過ぎない。パトカーも救急車も呼ばれなかった。

打撲で多少はあちこちが痛かったが、たいしたけがもなくそのまま出社した。例の女はもういなかった。そして机の前でカバンを開けたら、つぶれたぶどうゼリーが入っていた。

# 第七十五話 ぶどうゼリー②

前の話は、それだけでは終わらなかった。かばんに入っていた、つぶれたぶどうゼリー。それ自体はコンビニで売っているありふれた商品だが、彼は好みじゃないので一度も買ったことも食べたこともなかった。

よみがえるのは、駅で二度見た不穏な女だ。夜道じゃなくても車には気をつけろよ。まぁ、お前の好きなぶどうゼリーくらい見舞いに持ってってやるよ。

これはまったくもって、彼にいったようなものではないか。しかし彼は本当にその女にはまったく記憶がなく、女も彼の方は一度も見ずに電話の相手を脅していた。

気味悪かったが、直接何かされたのではないからどうしようもない。変なこともあるもんだと、忘れることにした。ぶどうゼリーは、即座に捨てた。

彼も日々忙しく、変な女のことはほぼ忘れていた頃。ラーメン店のテレビで何気なくニュースを見ていて、あっと小さく声が出た。

あの女が大写しになった。化粧っけはないが明るめの茶髪。目が細く団子鼻。顔しか出てないが、たぶん地方のヤンキーが愛用するようなスウェット上下にクロックスの靴だ。

その女は、殺人未遂で逮捕されていた。付き合っていた男が浮気したと車で撥ね、そのまま逃げた。被害者は今、意識不明の重体だという。

今はみんな何かしらSNSをやっているので、その女のフェイスブックなどもすぐ特定されいろいろとさらされた。彼も見てみたが、例のスウェットや靴を身につけた写真が出てきた。ラブラブだった男との写真には、あのぶどうゼリーも写り込んでいた。

その男も特定されたのでツイッターなども見てみたが、こちらも彼とは何の関係もない男だった。とにかく加害者、被害者ともに、彼とは共通の知り合いも接点も何もない。なぜ無関係の自分が、あんな疑似体験をさせられなきゃならなかったのか。

わからないが、あのとき電話していた相手はこの男だったんだというのはわかった。

そうこうするうちに、いろんな続報が出た。彼女は内縁関係とはいえ夫がいたのだ。男の浮気を責める以前に、彼女も浮気をしていたわけだ。何もかもがもう、関わりあいになりたくない奴らだな。彼は、そいつらのSNSなど見るのはやめた。

そんなある夜、寝ていたら枕元のスマホが鳴った。すみませんでした、と男の声がして切れた。着信履歴には何もなかった。寝ぼけてたかと、彼は寝直した。

翌日、ニュースが流れた。例の女が撥ねた男が亡くなり、彼女の容疑は殺人になったと。

昨夜の電話はその男からだったか。何の関係もないが、もし墓がわかったらぶどうゼリーを供えてあげたいと彼は心底から手を合わせたかった。

# 第七十六話 死んだはずの母親

彼が幼稚園児の頃、お母さんは亡くなった。いや、亡くなったと聞かされていた。

「遠くの病院に入院しているときに死んだ、となってました。もちろんショックだし悲しかったし寂しかったけど、父や祖父母が可愛がって大事にしてくれたし。

後からわかったけど、離婚してぼくを置いて出ていってたんです。これももっと正確にいえば、婚家を叩き出されて息子も取り上げられた、となるんですが」

どうも母は男や借金があったようで、叩き出して彼に嘘をついていた父や祖父母を一方的には責められない。とはいえ母も、彼にとっては優しい母だった。

母はこっそり、幼稚園を覗きに来ていた。今と違って、当時はまだ警備もゆるやかで、無関係な人もひょいっと幼稚園の中に入り込むことはできたのだ。

「死んだと聞かされていたけど、母がいる。本当は生きているんだけど父や祖父母にいってはいけない、みたいに幼いながらも気を遣ってました」

園庭で遊ぶ彼に、低い塀の向こうから手を振っていることもあれば、お遊戯などをする別棟の建物の、窓から覗きこんでいることもあった。

「それらは普通に、あ、お母さんが来てた、で済むんですが。たまに不思議な状況がありました。花壇のヒマワリの向こうから覗いてるんだけど、顔だけで体がなかった。園庭の横に浅い子ども用プールがあったんですが、水面に母が立っていることもありました。現実を受け入れていたのか、受け入れられなかったのか。誰にも、その母の不思議さはいえませんでした。不思議議といえば他に目撃者はいなくて、いつもぼくだけが母を見てました。会話もしたことないんです。常に母は、無言でニコニコしてた」

小学校に入ってから、母は見なくなった。中学に入る頃に父は再婚し、特に義母と折り合いは悪くなかったが寮のある高校に入って、大学からは一人暮らしを始めた。

夏休みに車の運転免許を取って帰省した彼は、なんとなく幼稚園に行ってみようと思った。十年以上経っていたが、記憶の中にあるそれとまったく変わってなかった。ただ警備が厳重になっていて、無関係な人は入れなかった。

車を置いて塀の前にたたずんでいると、いつの間にか隣に誰かがいた。これまた十年以上経っているのに、記憶の中のそれと何も変わりない母だった。

「もうここにあなたはいないとわかっているのに、つい来てしまうの」

確かに、そういって消えた。本当にもう、母は死んだんだなとわかった。

「調べたら、母はぼくが中学生の頃に死んでました。幼稚園に来ていたのはすべて生きた母だったとなりますが……だとしたらなんか、ますますおかしいな」

# 第七十七話

# 黒いワゴン車

小学生だった頃の彼女は、よく父の車で近所のスーパーに行っていた。その日も買い物を済ませて駐車場に戻ったところで、父が買い忘れたものがあるといい出した。すぐ戻るから、車の中で待ってろといわれた。

一人になった彼女はふと、隣に停めてある車が気になった。黒いワゴン車だが、後部座席の窓に内側から枠いっぱいにべったり紙が貼ってあった。

「この中にいる人に話しかけないでください。開けてほしいといっても開けないでください。……って書いてありました。

中にいる人としか書いてないのに、なぜかお婆さんだ、と直感しました。見てないのに顔や姿が浮かびました。痩《や》せて小柄な、ちょっと受け口の短い白髪」

なぜ車に閉じ込められているんだろう、好奇心をかき立てられたが、中の人に話しかけたりするのはためらわれた。そうこうするうちに、父が戻ってきた。

ねぇお父さん、隣の……といいかけた途端、その隣の車が勢いよく先に発進した。運転席には誰もいなかったはずなのに。もしかしたら、後部座席にいた人が移ったのか。

駐車場を出て自宅に向かう道の途中で、父にさっきの車の話をした。徘徊癖《はいかい》のある老人でも乗せてたんだろ、というようなことを父はいった。

しばらく、夢にそのときのことが出てきた。夢の中でも彼女は隣の車をのぞきこんだりせず、何か恐ろしいものが這《は》い出てくることもなかった。夢の中でも、中には痩せて小柄な、ちょっと受け口の短い白髪のお婆さんがいるとわかっていた。

月日は流れ、彼女も子持ちの主婦になり、黒いワゴン車を思い出すこともなくなった頃。地元で一番大きな駅の構内にあるコインロッカーから、スーツケースに入れられた老女の遺体が見つかる事件があった。死後一か月、痩せた小柄な七十代から八十代。

似顔絵が公開され、久しぶりに彼女は子どもの頃の駐車場を思い出した。似顔絵は子どもの頃に、見たわけではないのに見た気がする車の中のお婆さんそっくりだった。

「だけど、同一人物じゃないわ。三十年も経ってんだから。同一人物としたら私が子どもの頃に車にいたのは四十代から五十代、お婆さんじゃないでしょ」

あのスーパーはもうなくなっていたが、跡地に巨大ショッピングモールができていた。なんとなく気になった彼女は、娘を連れて車で行ってみた。

何事もなく買い物をして車で駐車場を出ようとしたら、隣の娘が小さく悲鳴を上げた。不意に黒いワゴン車が出てきてぶつかりかけた……ように見えたが、実際にはそんなことはなかった。娘の目の錯覚だったのだが。痩せたお婆さんが運転していたといった。

# 第七十八話 禁酒の理由

確かに酒癖はよくない彼女が、しばらく禁酒しますとしょげていた。

「友達三人と飲みに行ったんですが、二軒目の行きつけの店で友達が帰るといい出したとき、私はまだ飲もうとゴネて、そしたら隣にいた知らない男がぼくがつき合いますといってくれたんです。友達は確かに彼に、この人よろしくね、と私を指して笑いました。彼は子どもの頃に同居してた父方の叔父《おじ》に似てて、なんか安心感もあったんです。次の店は彼が連れてってくれた初めての店でしたが、強く記憶に残っているのは、『ぼくは有名国立大学を出ているんだけど、いろいろやらかして東南アジアの僻地《へきち》でバイト仕事してる。今はビザの書き換えで帰国中。日本にはもういられないんだよな。結婚相手に暴力振るって、逮捕された。離婚して、いい会社もクビになった』なんて話をしてたことです。私がそれに対してなんと答えたかは覚えてません」

それから彼女は、一人暮らしの部屋に彼を連れこんだ。アパート下のコンビニでビールを買い、冷蔵庫から酎《ちゅう》ハイも出し、またけっこう飲んだ。

彼はさかんに、今の過酷な生活と昔の奥さんの悪口を語っていた。

そこから記憶が途切れ、気がつくと朝になっていた。テーブルには空き缶が転がっていたが、彼はいなくなっていた。名刺などもらっておらず、電話番号の交換などもしてなかった。

気になったので、彼と出会った店に少しだけ一緒にいた友達に連絡したら、そんな男知らない、あんたは一人で別の店に飲みに行ったよなどという。

彼と出会った店の人にも聞いてみたが、スタッフ達もまた彼女は友達と別れた後は一人で次の店に行った、そんな男は来てないという。

親しい店員がいたのでアパートの下のコンビニに入って、昨夜は男と連れだって来たよねと聞いてみたら、これまたあなたは一人で立ち寄りましたという。

猛烈に気になったので、検索しまくった。記憶していた男の名前と出身大学と今いる東南アジアの某国。逮捕歴と離婚歴。結果、顔写真までは出なかったが現地の日本人の噂を書きこむ掲示板で、彼らしき人の噂が書きこまれているのを見つけた。

「出てった嫁、しばらくして死んでるね。あいつが殺したんじゃないか」

「こっちでも商売女を殺して捨てたって噂あるよ。ほら、××区のホテルで見つかった変死体のニュース。あれ、あいつの仕業といわれてる」

「でもさ～、最近あいつ見かけないね。いろいろこっちでもヤバいのとトラブってたから、今度はあいつが殺されて闇に葬られてんじゃないの」

彼は幽霊だったのか。幽霊の方がまし、生きた本人が怖いと彼女はつぶやいた。

# 第七十九話 霊感の種類

私は見えない人なので、いや、見えない人だからこそ、見える人の話を聞きたがる。

幽霊は立体感がなくて二次元的、厚みがなくてぺらっとしている、すうーっと揺れずに水平にすべってくる、幽霊って色が薄くてモノクロに近い、なんて体験談を聞くと、自分は見えないのに「ああ、わかるわかる、幽霊ってそうよね」と大いにうなずいてしまう。

霊感があるといわれる同世代の同業者女性の話にも、いつも「それだ」と手を叩《たた》いてしまう。彼女にいわせると霊感は全般的に何もかも強いなんて人はまれで、スポーツや芸術、勉強と同じで得意分野と不得意分野があるそうだ。

なるほど、オリンピックに出るほどの卓球選手でも水泳は一般人以下だったり、高名な画家が大音痴だったり、なんてたとえ話をされると納得できる。

「幽霊の姿は鮮明に見えるのに、何の因果で化けて出てきたかまるでわからない人もいれば、見えなくて気配を感じるだけだけど、どういう死に方をした人が何の未練でそこに来ているか全部わかる人もいるのね。

私の場合、姿もぼんやり影みたいにしか見えないし、対話だのお祓《はら》いだのハナから無理だし、恨みや心残りもよくわかんない。だけど、死因だけはわかるの。この人、海で溺《おぼ》れ死んだとか。この人、列車に飛び込んだとか」

そんな彼女が先日、ある用事で役場に行った。番号札をもらってソファに座っていると、隣に同世代と思える男が座った。がっちりした体型だが、どこにでもいそうな会社員風で、別に挙動不審なんてこともない。しかし彼女は、彼に釘付《くぎづ》けになった。

「膝《ひざ》の上にぼんやり、恐ろしいものが乗っかってた。影みたいにぼやけてて、かろうじて女の首だなとわかるくらい。でも、異様に歯だけがくっきり存在感あるの。彼の手に嚙《か》みついてた。ぎっちり歯を食いこませてた。彼は気づいてなくて、知らん顔」

この男に絞め殺されて、女は必死に嚙みついて抵抗したんだと彼女はわかった。しかし何食わぬ顔で役場にも来ているのだから、彼の殺人は発覚していないのだ。おそらく女の遺体は、この男にしかわからない場所に隠されている。

「殺されたんだとわかる死者、今までにも何人か感じたことあるけど。殺した側とセットでいるのは初めてだった。でも、この男は人殺しですと大声あげるわけにもいかないでしょ。彼は女の首に嚙みつかれたまま、出て行っちゃった」

その夜、もやもやしながら寝ていたら何かに手を嚙まれた。何も見えなかったが、昼に見た女だとわかった。気づいたなら、知らん顔しないでといいたかったのだろう。

「幽霊に責められたのは、初めてだった。霊感、向上したのかな」

# 第八十話

## 特定条件下での霊感

これは前の話の続きではないけれど、なんとなく通じるものがある話だ。アイドル系の芸人の彼はお母さんが私と同い年で、性格もちょっと似ているといってくれる。

「子どもの頃、わりとビンボーで。親と、築五十年くらいの木造ボロアパートに住んでました。共用の玄関を入ると暗い廊下があって、左手に部屋が並んでる。老人と病人と訳ありの人ばかりだったから、いつも人気がなくてひっそりしてましたね」

ところがその廊下で、たびたび妙なものを見た。

「あからさまな幽霊や物の怪《け》はあまり見なくて、ただぼんやりとした影とか、人の形をしているんだけど人じゃないと直感できるものとかの方が多かったかな」

一人暮らしの老人の部屋の前に、地味な小太りのオバサンが立っているのを何度か見た。この世の人ではないと、すぐにわかった。彼が立ち止まってそのオバサンを見つめていたら、隣にいたお母さんがぎゅっと手を握っていった。

「身内のお迎えが来てる。そんなじっと見るんじゃないよ」

翌日、老人が息を引き取っているのが介護人によって発見された。あのオバサンは、すでに亡くなっていた奥さんだったらしい。

どこの国の出身かわからない異国の人が隠れるように住む部屋の前で、人ほどの大きさの犬がくるくると自分の尻尾《しっぽ》を追うように回っているのを見た。この犬も、この世のものではないとわかって彼は立ちすくんだ。

「そのときもオカンが尻《しり》を叩いて、『かまうな。お前も嚙まれる』といいました」

その外国人は、犯罪の共犯者によって後に殺されたという。あの犬みたいなものは、共犯者の黒い凶暴な心が形を取ったものかなと、彼は後から気づいた。

「こういうの、よくあったんですが。なんか一番印象的だったのが、ちゃんとした生きた人間のオッサンかな。ぼくとオカンが廊下に入ったら、向こうから歩いてきてすっとぼくらの横を通りすぎただけです。住人じゃない、初めて見た人。

でもオカンがいきなりぼくを抱きしめて、ついていくなと押し殺した声でいいました」

その男は幼児が好きな性癖があり、近所の子を誘拐して殺害していた。そのときも、簡単に連れだせる子がいないか物色しに来ていたらしい。

「オカン、霊感あるのに無いといい張るんですよね～」

今現在、親はこぎれいなマンションに引っ越せたし、彼も恋人と二人で暮らしている。つまりお母さんと離れたので、まったく怖いものは見なくなったそうだ。

「オカンといるときだけ発揮する霊感。そんなもん備わってるんですよ、ぼく」

# 第八十一話 熱烈なファン

「初の海外ロケに行ったとき、記念に買った髪留め。あるときヘアメイクする前に外そうとして手を滑らせて床に落として、ぱきっと壊れちゃった。

すごくショックだったけど、粉々じゃないから瞬間接着剤で直せると大事にバッグの中にしまいました。そのまま仕事を済ませて、終わったら帰り道のコンビニで接着剤を買いました。でも自宅に戻ってバッグを開けたら、髪留めがない。

バッグをひっくり返して探し回ったけど、ない。出した覚えないし、こんなものだけ盗む人もいないでしょ。そのときふと髪に手をやって、びっくり。髪留めがついてたんです。

確かに壊れた跡があるんですよ。接着剤できれいに修繕してくれてる。何者かが直して、私の髪に着けてくれたとしか思えないんですが、バッグはロッカーに預けてたし、誰かが髪や頭をさわったら、気づかないわけがないですよね。

後から画像や動画を見たら、ステージにいるときは頭についてない。帰り道でついてるんですよ、髪留め。ほんっとに誰とも接触してないんですよ」

可愛い売りだし中のアイドル嬢はこれまた仕事で地方都市に行ったとき、ロケバスにスマホを起き忘れてしまった。すぐ取りに戻ったが、見つからなかった。紛失の手続きを済ませて、落ち込みながら自宅に戻った。ちなみに、彼女は親と一緒に都内の家に住んでいる。

「私の部屋の机に、スマホが置いてあったんです。母がずっと家にいましたが、誰も訪ねてきてないというし。家に置いたまま仕事に行って、楽屋に忘れたと勘違いしてた、なんてんじゃないです。その日、仕事場で撮った画像も動画も保存されてたし」

そんな彼女だが、こっそり交際している相手がいる。誕生日に驚かせるプレゼントがあるから、夜の十時に俺んちに来て車を開けてみろと連絡が来た。彼のアパートの駐車場に行って、慣れ親しんだ彼の車のドアを開けてみたら。

「後部座席に、人が毛布に包《くる》まってて、リボンつけてあるんです。つまり俺がプレゼント、ってことだなと苦笑しました。コンビニまでシャンパン買いに行くよ、と声かけたけどじっとしてるんで、そのままにしました。ちょっとウザいなと感じたし。

戻ってきてまた車のドアを開けたら、後部座席に人はいなくて指輪の箱が置いてありました。驚いて電話したら、早く部屋に来いって。彼、自分の部屋でずーっと、私が指輪を見つけるの待ってたって。そうですよ。後部座席にいた誰かは彼じゃなかったんです」

熱烈なファンのストーカーというより、熱烈なファンの生霊がついてくれてるんじゃないかと、マネージャーも友達も彼氏も半ば本気でいったそうだ。熱烈なファンは何人かいてくれるけど、心当たりはないですと彼女はため息をついた。

# 第八十二話 放課後の思い出

レイちゃんと呼ばれていたその元同級生と彼女は特に親しいわけではなかったが、中学も高校も一緒だった。レイちゃんはものすごい不良でもなかったが、よく外泊していると か援交していたとか、いろいろそういう方面の噂をされる子だった。

彼女は地元の短大に進むことになり、レイちゃんは東京の専門学校に行って美容師になると聞かされた。どうしてそういうことになったのか前後の記憶はないが、卒業が迫ってきた放課後、教室の後ろでレイちゃんに前髪を切ってもらった。

美容師が使う髪を切る専用のはさみではなく、普通に文房具として使われているはさみだったが、まだ普通の高校生なのにうまいなぁと感動、感謝したのは覚えている。

それが彼女とレイちゃんの、唯一といっていい思い出だった。

彼女は短大を出て地元の企業に勤めて職場で出会った夫と家庭を築き、主婦になった。レイちゃんのその後はまったくわからず、完全に忘れ去っていった。共通の友達もおらず、繰り返すが特に親しかったわけでもないのだ。

そんなある日、結婚してから行きつけになった美容院に行った。もう十年ほど世話になっていて、もちろん店長や指名している美容師は気に入っているが、店だけの付き合いだ。店長や美容師と食事するだの、いっさいない。

その日、客は数人がちらほらいた。のどかな何でもない昼下がりだったが、彼女は昨夜ちょっと夜更かしして眠かった。切ってもらいながら、ついうとうとしてしまいそうになる。そのとき、鏡に映る美容師の顔が変わった。

背後にいるのはいつもの若い男性美容師だったはずなのに、同世代の女になっている。見知らぬ女。いや、どこかで見た女。金縛りに遭ったかのように、身動きできない。背後の女は彼女の前髪を切ろうとしている。

そこで思い出した。レイちゃん。彼女は振り向けず、鏡の中のレイちゃんを見つめる。それは客観的にどのくらいの時間だったのか。気がつくとレイちゃんは消え、いつもの若い男性美容師が何事もなかったかのように彼女の後ろの髪を切っていた。

うとうとっとした瞬間、夢を見たんだ。そう、彼女は解釈した。

何日かして、テレビで殺人事件のニュースが流れた。美容師の女性が内縁の夫に殺されて、河川敷に捨てられていた。名前と顔に見覚えがあった。レイちゃんだ。

彼女が鏡でレイちゃんを見た時間に、レイちゃんは殺されていたのだ。

「そう親しくもなかったのに、なぜ私の前に現れたのかわからないですね。放課後の思い出しかないんですが。死の間際に美容師になったよ、というのを知らせたかったのかな」

# 第八十三話

## 古びたタンス

うちもそうなのだが、彼も田舎に実家が二軒あるという。新築したとき、前の家を取り壊さずそのまま空き家にしてあるのだ。これもうちと同じで、誰も住んでないが物置代わりにし、たまに訪れているという。

先日、彼は関西の実家に久しぶりに戻った。そのとき昔の家が懐かしくなり、行ってみた。母がときおり風を通して掃除もしているというが、やはり人が住まなくなった家は独特の空き家の臭いというのか、廃墟《はいきょ》に通じる雰囲気が漂っていた。

子どもの頃、今は亡き祖父母がいた奥の座敷は特に昼でも薄暗く怖いとすら感じた。祖父母には可愛がられていたのに。今はもうほとんど何もなくがらんとした畳敷きの部屋の隅には、古びたタンスがあった。

高価な由緒ありそうなものではなく、当時の大量生産品という感じだった。このタンスには覚えがなかった。こんなものあったかな、自分が家を出てから親が買い入れたものかな、と首を傾げつつ、一番上の引きだしを何気なく開けてみた。

最初、毛皮のコートかと思った。真っ黒な長い毛がびっしり、引きだしいっぱいに詰まっていた。切りそろえた感じではなく、排水口に詰まっている形状を思い起こさせた。ぐしゃぐしゃに不規則に丸まったりからまったりしているが、やけに艶々《つやつや》ともしていた。

じっと見つめ、動物の毛皮ではなく人の髪の毛だとわかったとき、彼はそっと引き出しを閉めた。心臓は高鳴り、嫌な汗が出ていた。ここで取り乱したらもっと怖いことが起きる、そう直感した。見なかったことにしよう、気づかなかったことにしよう。

精一杯さりげなさを装い、そっと部屋から出て、猛ダッシュで今現在の実家に戻った。父と母には、さっき見たものの話をできなかったが、祖父母の部屋のタンスについては聞いた。見覚えのないタンスがあったと。

母は、えーっ、あの部屋は何も置いてないわ、という。彼は再びあの部屋に入ってタンスの中を確かめるのは、絶対に嫌だった。それから特に何事もなく実家で過ごし、再び東京に戻った。タンスと髪の毛のことは忘れるよう努めた。

彼は本格的な山登りではなくもっと気楽な山歩きが好きで、とある関東近郊の山に登った。不法投棄された家電などが転がる空き地があり、ふとそちらに目をやったとき、妙なものを見つけた。祖父母の部屋にあったタンスだ。

大量生産の安物だから、遠くの何の関係もない場所に同じものがあってもおかしくないが、引きだしの一番上から髪の毛の束がはみ出して風に揺れるのを見たときは、あのときと同じように精一杯さりげなさを装い、そっとその場を離れ、猛ダッシュで駆け下りた。

# 第八十四話 泳げない理由

スポーツ万能の彼女だが、子どもの頃から水泳だけは苦手だったという。

「いろんなトラウマがあるんですよー。幼稚園の頃、近所の川に落ちて溺《おぼ》れかけたとか。友達と市民プールに行ったとき、きもいオヤジに痴漢されたとか。

だけどやっぱり、一番怖かったのは小学校のとき姉と一緒に見た夢です」

私も記憶にあるが、夏休みにも何日かは小学校に行ってプールに入って泳ぐ練習をしなければならなかった。怖い先生にしごかれるなんてことはなく、プールに入ってカードに上級生からハンコを押してもらえばいいのだった。

彼女は二つ上の姉と、いつも一緒にプールに行っていた。その姉とは、同じ部屋の二段ベッドに寝ていた。姉が下、彼女は上だ。電気を消してうとうとしていたら、突然ザバーッと大きな水音が聞こえた。水道も水槽もない部屋なのに。

ザバーッという水音の後に、何者かが水から上がってびしょ濡《ぬ》れのまま、べたべた水滴をたらしながら上段への梯子《はしご》を登って近づいてくる気配がした。顔に、生ぬるい水滴がぽとぽと落ちる感触があった。

彼女は怖い上に金縛りにあったように身動きがとれなくなっていて、怖いものを見ないよう必死に目をつぶっているしかなかった。

お姉ちゃん助けて、心の中で叫んだとき、ふっと体が動いた。その瞬間、下に寝ているはずの姉がものすごいうなり声を上げて飛び起きた。日頃は大人びてしっかりしている姉が、幼児みたいにわあわあ泣きわめいた。

それを聞きつけ、隣の部屋にいた母が飛んで来た。母に強く抱きしめられてやっと落ち着いた姉は、こんな話をした。

「床からびしょ濡れの女が飛び出してきて、妹が寝ているベッドの方に這《は》い上がっていった。動けないし声も出ない。妹を助けなきゃと必死に起き上がったとき、声が出た」

同じ女だと彼女は直感した。ただし自分は気配だけ。姉は姿を見ている。しかし姉妹そろって、そんな女に何の心当たりもない。

彼女は、私もその女の気配を感じたとは親にも姉にもいえなかった。いえば姉がますます怖がるし、またその女がやって来そうな気がした。

そうして翌日、小学校の近所に住んでいた心を病んだ女がプールで溺死《できし》しているのが見つかった。子ども達がいない真夜中に宿直の先生が見つけて通報したので、彼女も姉もその女の遺体は見ていない。ニュースが流れたとき、姉がポツリと彼女にいった。

「あの女だね。あんたも、会ったよね」

# 第八十五話 彼女たちの真実

学生時代に一年ほど風俗のバイトをしたという彼女は、ふっと疲れたように笑った。

「同じ店の先輩だったミホさんは、バツイチで子どもを育てるために風俗してるといってました。あの頃はスマホじゃなく携帯だったけど、もちろん待ち受けは子どもの写真。子どもがいじめられてるとかパパに会いたがるとか、涙ぐみながらよく話してくれました。

私とほぼ同じ時期に入ったルミちゃんは、家は裕福なのにホストに入れ揚げてるブランド好きバカギャルと自分でいってました。遊ぶ金ほしさに風俗やってるって。

あるときひょんなことからミホさんの本名や現住所なんかを知って、なんとなく検索してみたんです。そしたら本名でやってるSNSが出てきて。ミホさん、私の友達と同じ高校を出てました。その友達に連絡とってみたんです。

なんか妙に引っかかるものがあって。もちろん、同じ風俗店に勤めてるなんてのは内緒。友達によると、ミホさんずっと独身でもちろん子どももいないって。

すごく地味な真面目な人で、親と暮らして家業手伝ってるから貯金あるだろうね〜なんていうんです。子どもの話はみんな嘘っていうか、じゃああの画像の子はなんなんだと怖くなりましたよ。店では相変わらず子どもの話してるし。

そうこうするうちに、ルミちゃんが客に殺されました。ニュースになっていろんなとこからルミちゃんの噂を聞きましたが。ルミちゃんこそ親はいなくて子どもは三人もいて、その子達のためにがんばってて、ホストクラブなんか行ったこともなかったみたい。

それで、ルミちゃんも本名でやってるSNSがあって。見たら、見覚えある子がいました。そう、ミホさんが自分の子といってた子、ルミちゃんの子だった。

店では別に険悪な仲ってこともなかったけど、私が知る限りミホさんとルミちゃんは何の接点もなかったんです。私はミホさんとはわりと仲良しだったけど、ルミちゃんについて何かいってたなんてのも覚えがないし。

風俗やってる人はみんな何かしら嘘ついてるし話作ってるし、話すたびに設定が変わる子もたくさんいました。子どもがいないのにいるふり、いるのにいないふり、この二人以外にもいました。だけど二人は印象に残ってますね。

それから私は店を辞めて風俗から足を洗って、介護職に就いたんですが。ミホさんに再会しました。いつも人形を持ち歩いてて、私の子だといいはって、名前はルミちゃんだといってました。この二人の関係性、今もって謎ですよ」

私はこの話をしてくれた彼女の近親者にも、話を聞いた。彼女は高校生の頃、子どもを産んで殺して長らく病院に入っていたそうで、風俗バイトなんかしてないとのことだ。

# 第八十六話　寄り添う男

某テレビ局のADをしている彼女は、今もちらちらと辺りを見まわす癖が抜けない。

「最初にいったのは、ある芸人さんです。日曜に、私が局の近くにあるデパートのレストラン街を男と寄り添って歩いてたって。声かけようかと思ったけど、訳あり彼氏だったら気まずいかな〜と知らん顔してたって。

確かにそのとき、そこにいましたよ。だけど私は一人でした。どんな男だったか聞いたら、浅黒い四角な顔で白いシャツに黒いズボン、背は高めのがっちり体型、四十代。まったく、そういう男が思い当たらない。たまたまデパート内で近くにいた男を、私の連れだと芸人さんは勘違いしたのかなと思いました。

ところがしばらくして、今度は行きつけのバーのマスターが、繁華街を私が男と並んで歩いているのを見たって。声かけようとしたら、私達はタクシーに乗っちゃったと。その日、繁華街からタクシーに乗ったのは間違いない。でも、そのときも一人でした。

なんか嫌な予感がしたけど、どんな男か聞いたら……芸人さんがいったのとまったく同じ男。その後も、いろんな人に立て続けに目撃されました。

みんなみんな、私と寄り添うその男を見ている。だけどほんと、私はまったくそんな男と歩いてないし、どこの誰だかまったく心当たりがないんです。

幽霊かなとも思いましたよ。だけど恨まれる覚えもないし、心霊スポットに行ったとか事故現場を通りかかったとか、そんなのもありません。

毎晩ではないけど、嫌な夢は見ました。夢の中でどこか見知らぬ家を訪ねて行って、ドアを開けようとする。あ、向こうにあいつがいる。そこで汗びっしょりで目覚める。そんな夢です。だけどそいつは、私の前には夢といえども姿をあらわさないんです」

他人にだけ見えて、自分には見えない。他人の目撃がなければ、彼女はそんな男が自分にまとわりついているとも知らず、気づかず、何事もない日々を過ごせたのに。

そんなある日、睡眠不足に加えて飲みすぎてふらふらしながらマンションに帰りついた彼女は、エレベーターのボタンを押し間違えて一つ下の階に降りてしまった。自宅と思いこんだ部屋の前に行ったら、そこの住人がたまたま出てきたところで鉢合わせした。

「頭下げて、あわててエレベーターに戻りました。翌日、管理人に不審な男が入り込んでいたと聞かされました。下の階の、私と出くわした人が報告してたんです。

浅黒い四角な顔で白いシャツに黒いズボン、背は高めのがっちり体型、四十代の男だと。私の隣にその男がいたんじゃなく、私がその男そのものになってたみたい。でも、それからぴたっとその男の目撃はなくなりました」

# 第八十七話

## 先輩のシゴキ

高校で球技系のそのクラブに彼女が入部したときは、三年生は受験のためほとんど部活動には来なくなっていて、たまに試合を見学に来るくらいだった。

「その先輩も私も好きだからやっていた程度で、才能も実力もたいしたことなくて、期待もされずシゴキまくられることもなく、何のトラブルも遺恨もなかったんです」

翌年、先輩達が大学に行ってしまうと、彼女らとは完全に縁が切れた。ところが夏休みになって、その先輩が海で溺死した。テレビでも報道されたし、連絡網で葬儀には後輩みんな出席という通達も回ってきた。

どうも大学生の彼と行った海での事故だったらしい。彼の方は無事だった。

もちろんショックだったし悲しかったが、挨拶《あいさつ》くらいしかしたことのない間柄だったので、泣いたりはしなかった。なのに葬儀の前日、先輩の夢を見た。

高校のグラウンドで、死んだ先輩と二人きりだった。先輩に鬼の形相でボールをバンバン投げられぶつけられ、彼女は必死にボールを受け取ろう、拾おうと転げ回っていた。

先輩の異様な肌の白さと、かすかに腐臭の混じる海水のような臭いが生々しかった。先輩は無言でボールを投げ続け、それが体に当たる痛さも衝撃も現実感があった。目が覚めたときはしかし、怪談の類《たぐい》とは思わなかった。先輩の死がショックだから、こんな夢を見てしまっただけだと。

数日後、彼女は部活の仲間達と先輩の家で行われた葬儀に参列した。両親や兄弟、彼氏らしい人のやつれきった様子と嘆きを見ていると、彼女達も泣いてしまった。けれど棺《ひつぎ》の中の先輩を垣間見《かいま》たとき、肌の色が夢の中と同じだと戦慄《せんりつ》した。火葬場には親族しか行かないので、彼女らは出棺が終わってから帰った。

その夜、彼女は夢よりも怖い目に遭った。夢遊病と呼ばれる症状など、一度も起こしたことがなかったのに。気がつくと彼女はパジャマのまま、高校のグラウンドにいた。

彼女は地面を転げ回った。見えない誰かがボールを投げつけ、見えないボールが彼女を直撃していた。見えないけれど、投げているのは死んだ先輩だとわかった。

逃げ出すのではなく、必死に見えないボールを追い、見えないボールを受けようと頑張った。すると、ふっとボールも誰かの気配も消えた。

無我夢中で走って家まで戻った。親が驚いて医者に連れていった。体中、あざだらけだった。しかしそれ以来、先輩は二度と現れなかった。

「なんで親しくもないし部活に熱心でもなかった私に、と不思議でした。私、霊感なんてのもないし。だけど理不尽なものですよ、あの世も人の思いも部活のシゴキも」

# 第八十八話　時空を超えて

彼女と彼、ついでに私も同世代で同じ岡山県の出身なのだが、故郷にいた頃はまったく会ったことはないし何の接点もなかった。三人は、東京で会った。

最初は、すれ違ったこともないけれどすれ違ったかもしれない県内の観光地や繁華街の話などしていた。そのときは、みんな同郷というだけの仕事関係者でしかなかった。

あるとき三人で飲みに行き、彼女が急にこんな話をした。

瀬戸《せと》内海《ないかい》に、中国地方と四国地方をつなぐ航路がある。私も子どもの頃から、その船には何度も乗った。瀬戸大橋ができて車や電車で行き来できるようになっても、船に乗りたがる人は今も多い。

「中学の頃よ。まだ小学生の弟とあちこち船内を探検してね、デッキに出てみたの。そしたらベンチにお爺《じい》さんと、その頃の私くらいの女の子が座ってた。

何か異様な感じがしたのは、まずは二人の服装の貧しさ。テレビや雑誌でしか見たことのない、戦時中の人みたいだった。あるいは、これは大人になってから外国を旅したときに見たホームレスの人達。粗末なだけでなく、かなり長く洗濯してない汚れ方だった。

祖父と孫らしき二人、ただじっと黙って彫像みたいに座ってた。女の子がちゃちなおもちゃの双眼鏡をひもで首から下げてたのも覚えてる。

そのとき傍らの弟が強く私の手を握って、戻ろうとささやいたの。小さい頃からお調子者で物怖《ものお》じしない弟が、ひどく怯《おび》えてた。そのとき私は、もう一つの異様さに気づくの。お爺さんと女の子が、まったく同じ顔してる。祖父と孫なら年齢や性別が違っても似ておかしくないんだけど、そういうんじゃない。まったく同じ顔なの。コピーしたみたいに、寸分も違わない。取り換えても同じ。

弟の手を握って、船内に戻った。親には一言も、さっきのお爺さんと女の子の話はしなかった。弟とも、その後は一度もあのときの話をしなかった」

それを聞いた彼が、えーっと叫んだ。もしかしてぼくもそのとき、その船にいたかもと。

「ぼくは高校卒業のとき、悪友たちと風俗店に行くために乗ってたんだけど。まったく同じ爺さんと孫娘を見た。船酔いして吐くためにデッキに出たぼく一人だけ」

実は私も小学生の頃、デッキでその二人を見ていた。しかし三人とも乗った年代がばらばらで、同じ船には乗ってないことになる。つまりその爺さんと孫娘は、時空を超えてデッキにいるのだ。誰にでも見えるものではなかろうが。

私だけ、爺さんと孫娘の顔は見ていない。異様な風体の二人がいたことだけ覚えていて、顔が同じだったとはいえないのだ、私だけ。霊感の差か、爺さん達の何かの思いの差か。

# 第八十九話
# 見知らぬ訪問者

その若いADくんは都内に実家があり、親と住んでいる。その日、徹夜明けで始発電車で帰宅した。親はまだ二階の寝室で寝ていて、一階には誰もいないはず……だったが。

ソファにちょこんと、見知らぬ女の人が座っていた。自分より少し年下か。そこらにいるごく普通の子だ。あまりにも女の人が落ち着いているので、親の知り合いかと思った。

あの〜、どちら様ですかと立ち尽くしたまま尋ねたら、それには何も答えずぴょんとソファから降り、すたすたとリビングを突っ切って玄関から出ていった。

変な女だなぁと思いつつシャワーを浴びたりしていたら、母が起きて降りてきた。さっきの女の話をしたら、なにそれーっと悲鳴をあげられた。父も起きて降りて来たが、そんな女知らないという。結論として、見知らぬ女が勝手に忍び込んでいたのだ。

玄関の鍵《かぎ》はかけていたが、風呂場《ふろば》の窓が開いていた。ここから入ったらしい。つまり幽霊や生霊の類ではなく、彼女は生身の人間だった。一家であちこち調べたが、特に金品も盗まれておらず、何かが壊されているなんてこともなかった。

警察には届けなかったが戸締りに気をつけるようになり、何事もなく月日は流れた。

次第に忘れていって思い出すこともなくなった頃、彼が仕事で入ったバラエティ番組に、地下アイドル達が出た。その一人が、何か気になった。どこかで見たことがある。地下アイドルなんか興味はないし、彼女はまったく売れてないのでテレビで見たこともない。しばらく考えて、あっ、あの子だと気づいた。いつかリビングのソファにいた子だ。しかし本人に向かって、問いただすことはできなかった。もし人違いなら、変な男にセクハラされたとか騒ぎ出しそうだ。それに彼女は彼を見ても無反応、見知らぬ人への態度だ。

収録が終わってから、彼は彼女の所属事務所の社長兼マネージャーに近づいた。

「とてもいいにくいし、変なことといってすみません、と前置きしただけで、社長兼マネージャーはどうもすみませんと頭を下げました。あの子のことでしょう、と」

そのアイドルは変わった性癖というのか、鍵が開いている見知らぬ人の家や車に入りこむ癖があるのだそうだ。見つかると間違えたふり、寝ぼけたふりで切りぬけるらしい。実際、盗みや器物破損などはないので、なんとなく許されているらしい。

それから何日かして、また彼は自宅のソファに彼女がいるのを見た。君、困るよと声をかけたら。ぱっと消えた。幻か。その日の夜、殺人事件のニュースが流れた。薬物中毒の男が、自宅に入ろうとした彼女を捕まえて殺して押し入れに隠していたと。

「二度目に見たとき、彼女はもう死んでたんですね。幽霊は鍵はかかっていても関係ないんだけど。なんでうちに戻ってきたかな」

# 第九十話

## 惨劇の痕跡《こんせき》

今は良い夫で父の彼だが、若い頃はそれなりに冒険も悪さもしていたそうだ。

「店で見知らぬ女と意気投合して、うちに連れこむかラブホか女の部屋に行くか。週に三度はそんなことしてたんだけど。小さなトラブルは一杯あったよ」

そんなある夜、例によっていい感じになった彼女を店から連れ出した。そのときの彼は、数日前に引っかけた別の女が部屋に居ついていた。だから彼女の部屋に行くことにした。

「どうってことない、庶民的マンションのワンルームだった。きちっと片付いてもないけど、ゴミ屋敷でもなかった。九州から歌手を目指して出てきて水商売を転々としてるとかなんとかいってた。美人でもブスでもなかった。彼氏っぽいのはいるけど今夜は仕事ともいってた。当時はまだスマホどころか、携帯も一般的でなかったんだよね」

そんな彼女とさらに缶ビールなど飲んでから事におよび、そのまま二人とも素っ裸のまま寝入ってしまった。目が覚めると女はいなくて、しかし彼の周りにおびただしい抜け毛と血だまりがあった。血を踏んだ足跡もいっぱいついていた。

髪の毛は鋏《はさみ》で途中から切ったのではなく、乱暴に引き抜いたもののようだった。毛根よりもう少し大きめの肉片、皮膚がついていた。歯が三本ほど転がっていた。これも無理に引き抜いた痕跡があった。

「もしかして俺が乱暴したか。まさか殺しちゃったんじゃないよな……」

人生終わったと思いながらも立ち上がり、さらに辺りを見まわした。ワンルームだから他に隠れる部屋はなく、浴室もトイレも見たが彼女はいない。なぜか彼自身にはまったく血はついておらず、どこにもかすり傷一つなかった。

唖然呆然《あぜんぼうぜん》としながらも、妙なことに気づいた。血のついた足跡は裸足《はだし》のものだが、彼女のではない。彼のでもない。彼の足よりずっとサイズが大きい男のものだ。

「どうにも怖くて、そのままそーっと部屋を出て、猛ダッシュで後も見ずに走った。これって後から気づいたけど、変なとこ落ち着いてて、ちゃんと下着も服も着てたんだよ」

彼女の男が後から入ってきて、浮気を見つけて激昂《げきこう》、彼が寝ている間に彼女に激しい暴行を加えてどこかに連れ去った、という想像をしてみたが。

それほどの暴行の痕跡があるのに、彼が何も気づかず隣で寝入ったまんまなんてことがあるだろうか。そこまで女の浮気に激昂して暴力をふるう男が、浮気相手である彼にはまったく手を出さなかったのも妙だ。

「しばらくニュースが気になったけど、何事もなかった。だけどたまに今も、目を開けたら周りに髪の毛や血の足跡があるんじゃないかと怖くなるときがある」

# 第九十一話

## 母娘《はは　こ》の対面

彼女は東京で生まれ育って日本語しかできないが、近隣の某アジアの国の血が入っている。母親がそちらの人で、物心つく頃には親は離婚していた。

父方に引き取られた彼女は、写真でしか母を知らなかった。母は離婚後すぐ母国に戻り、そちらで再婚していた。そんなこんなで、母方の親族とも絶縁状態になっていた。

血がつながっているというだけの実母については恋しくもなく、考えることもほとんどなかった。自分のルーツの半分がある某国にも、格別の思いはなかった。

そんな彼女が中学生になった頃、母が亡くなったという報《しら》せが届いた。まだパソコンや携帯などない時代だ。母方の親族から国際電話があり、父が母との結婚生活で覚えたであろう片言の某国の言葉でやりとりしていた。

そして彼女は、某国まで葬儀は出られないが墓参りに行くことになった。母の再婚相手が喪主だし、離婚している父はさすがに出席を遠慮した。日本語がかなりできる母方の伯《お》母《ば》が送り迎えなどしてくれることになり、父は娘をかつての妻の姉に託した。

彼女は生まれて初めて、母の国に行った。生まれて初めて訪ねる、母の国と実家。初めて会う祖父母。言葉は通じないが、身内というのは伝わった。母の遺影を前にすると、彼女も泣いてしまった。しかし、母の遺体はもうそこにはなかった。母の二度目の嫁ぎ先で葬儀は済ませ、そちらの墓地にすでに埋葬されていた。

ちなみに、当時の某国はまだ土葬が主流だった。

母方の実家に泊まった翌日、母の埋葬されている郊外の墓地に向かった。ところが墓地の管理人らしき人達と、別の墓に参りに来た人達が何やらわあわあ騒いでいる。人だかりの向こうに、禍々《まがまが》しい何かが見えた。息を呑《の》んで立ちすくむ彼女の隣で、伯母や祖父母が絶叫した。地面に、死体が転がされていた。その中年女性は白い着物みたいなものをはがされ、たくしあげられ、ほぼ全裸だった。

お母さんだ、と直感した。警察も来て、彼女は言葉はわからないがだいたいの雰囲気でわかった。母は死姦《しかん》されていた。何者かが石の棺《ひつぎ》の蓋《ふた》を開けて母の遺体を引きずり出し、着物を脱がせて墓地の地面の上で性行為に及んでいたのだ。

その後の騒ぎを、彼女は断片的にしか覚えていない。あれから三十年経った今、祖父母は亡くなったが伯母とは連絡を取りあっている。あのときの話は一切しない。もちろん父にも、一言もその事件については語っていない。

火葬じゃないから、母の死顔を見られました。母のお腹に帝王切開の痕があったのを覚えています。私を産んだ痕ですね。彼女は、悲しげに少し微笑んだ。

# 第九十二話 彼女の三つの秘密

テレビ局に勤務するようになり、彼は逆に女への興味がしぼんでいった。

「がつがつ肉食、ぐいぐい積極的、そういう美女ばかりでね。かえって引いてしまう」

そんな彼がたまたま地方のロケ先の店で、店員の女性に一目惚《ぼ》れしてしまった。暗いのではないが必要なことしかしゃべらず、恥ずかしがりだが接客態度は真面目できちんとしている。そんな彼女に電話やＬＩＮＥのＩＤなど聞けず、名刺を渡したが連絡はない。

思いきって後日、仕事の話のついでに彼女が勤めている食堂の店主に連絡してみた。彼女って、どういう子なんですかと。意外な答えが返ってきた。

近くのシェアハウスに住んでる子で、詳しい経歴も素性も知らない。ときおりここに来て食事するうちに徐々に打ち解けてきて、仕事も身寄りもないというのでバイトに雇ったそうだ。真面目な子で、問題なんかまったく起こしたことないと店主はいった。

その謎めいた雰囲気に、ますます彼は燃えた。あれこれ何でもかんでもあけっぴろげに、自己顕示欲を全開にするぶっちゃけ女達は見飽きていた。

彼は再び彼女のいる店を訪ね、ついに交際をスタートさせた。本名も故郷も教えてもらったが、彼女は頑としてしばらくはあのシェアハウスにいたいし店に勤めたいという。

だから彼が休日は通い、シェアハウスは男子禁制なので近くのホテルに二人で泊まるという付き合いになった。彼女は深い仲になっても、変わらず謎めいていた。

彼はすっかり本気で結婚を考えるようになり、互いの親にも会わなくちゃなどといった。

彼女は困った顔をした。私にはかなり大きな秘密が三つあるというのだ。

ある程度、彼は覚悟した。たとえば実はバツイチで子どもがいるとか、お父さんがやくざ者とか、ストーカー男に追われて逃げ回っているとか。

「一つ目は、母のことです。母は殺人で懲役三十年。今も服役中です」

いきなりとんでもない秘密を暴露され、彼もさすがに言葉に詰まった。

「二つ目は、高校生の頃に母の彼氏に乱暴されて妊娠しました。母に内緒で、自宅で産んでしまったんです。その子は、その男が山に捨てました」

あまりにも予想を上回りすぎる答えに彼は固まった。そんな彼を見て彼女は、三つ目は今はいえないので、別れるなら今のうちですよと微笑んだ。

しばらく考えたいと彼は一人で地元に戻ったが、数日後にテレビで彼女の顔を見た。

彼女は同じシェアハウスに住んでいた女性を殺害し、死体の一部をシェアハウスに隠していたのだった。これが三つ目の秘密か……彼は久しぶりに合コンに出て、派手な軽い女と意気投合してお持ち帰りした。

# 第九十三話　獣のような男

前の彼を同棲《どうせい》していた部屋から叩《たた》き出し、彼の物もすべて処分した。部屋そのものは気にいっていたので引っ越しはせず、多少の模様替えをしてから彼女は住み続けていた。

しばらくしてから、その部屋に奇妙なことが起こり始める。壁やドアに、すごい爪跡がついている。人間のではなく獣、動物のものだ。床にも髪の毛ではなく動物の毛が散らばっているし、ときおり動物園のような獣臭さが漂うときもある。

彼女は犬猫は飼ってないし、飼った経験もない。何かの動物を、家に入れたこともない。なのに寝ていると、うなり声や鼻息を顔のすぐそばで感じるときもある。

別れた彼と何か関係があるのだろうかとも悩んだが、動物に関する思い出もない。

しかし気味が悪い。彼女は元々オカルト系にはあまり興味がなく、そういうものはほぼ信じない性格だったが、職場の女性の先輩に怪奇現象が起きていると打ち明けた。

先輩はその手の話が好きで、占い師や霊能力者の知り合いもいた。霊能力者のところに連れて行ってくれ、その霊能力者はこんなことをいった。

「別れた元彼の因縁、仕業ではないですね。まったく元彼は関係ないです。それよりもあなたは、これから近づいてくる男に気をつけた方がいい。獣性が強い、非人間的な男が近づいてきている。爪跡や獣の臭いは、その新たな男がもたらしたものです」

もらったお札を貼ったら、怪異は止んだ。壁紙も貼り換えてドアも修理し、換気をよくして獣臭さも取り去った。それからしばらくして、彼女は旅先で恋に落ちる。

もう男は要らないと思っていた彼女が、メロメロになってしまったいい男だ。前の彼氏とは正反対の、誠実で堅実な男に見えた。しかし例の先輩が、何やら彼に不穏なものを感じ取っていた。それこそ獣の男じゃないのか、と心配してくれた。

彼女は、自分に都合よくこう解釈した。霊能力者は、次の男とはいわなかった。新たな彼と別れたら次こそ獣みたいなのが来るんだ、この人は違う。

先輩は、彼女の新しい彼氏を調べ上げた。その結果、まだ小学生の頃に近所のアパートを全焼させ、中学生の頃は盗みに入った先の老夫婦を殺害していたのがわかった。

それを聞かされた日の夜、新しい彼は泊まりに来ることになっていた。さすがに彼女は恐ろしくなり、急用ができたと断って元彼に連絡し、来てもらった。

その夜、元彼と一緒に寝ていたら隣で悲鳴を上げられた。腹に獣の爪跡がついている。かいつまんで今彼の話をしたら、明日にでも引っ越そうといわれた。

元彼とよりを戻した形になったが、新しい彼は執念深くやってきたりはしなかった。別の女がいてその女と結婚した後、その女とともに失踪《しっそう》したと噂に聞いた。

# 第九十四話 それは知らない

私の場合は仕事に活《い》かしているともいえるが、古今東西の犯罪実録ものが好きでいろいろ調べたり、ときには取材にまで出かけている。

一回りほど年下の彼女は、仕事は関係なくまったくの趣味でその分野に興味があるのだが、私よりよっぽど熱心に調べ上げ研究している。

昭和十三年の殺人事件で……といっただけで、瞬時に××事件ですか○○事件ですかと返してくるし、○山×夫って……と名前を出しただけで、それは平成二年の岡山での事件ですねと即答してくれる。

ちなみにその歳で結婚歴も就職歴もなく、けっこういい大学を出ているのに生活は親がかりでニートを続けている。風変わりなところもあるけれど、非常識さや反社会性は感じたことがない。とはいえ、やっぱり彼女は何かがおかしい。

十数年前、ある業界関係者から紹介してもらったのだが、そのときは北国で起きた女性A子による殺人事件が話題になっていた。彼女は単独でその地方に乗り込み、自腹を切って関係者に取材までしていたのだ。私もその事件に興味を持ち、その縁で彼女に会った。

最も驚いたのは、彼女が犯人のA子そっくりなことだった。子どものように小さく華奢《きゃしゃ》で、丸い可愛い顔も生き写しだった。そんなだから、犯人にも冤罪説《えんざいせつ》が根強かった。

「いや〜、絶対にやってますよ、あのA子は」

黒い笑みを見せた彼女は、警察も知らないA子の少女時代の悪事をも調べ上げていた。

それから数年経ち、また女性が犯人の衝撃的な事件が起きて大いに世間を騒がせた。

この犯人B美は長身のすらりとした、ややいかつい男顔の美人だった。この事件のことを書くため、かなり久しぶりに例の彼女と連絡を取って会ったら。

驚いたことに、彼女はB美そっくりになっていた。小さくて童顔だったのに、私が見上げる長身となって面長になっていた。初めて出会ったとき、彼女は大学も出ていた。つまり成人女性が数年のうちに、二十センチも背が伸びていたのだ。ありえない。

何か怖くてそこのところは突っ込めなかったが、B美の事件を熱心に調べていた彼女はB美の昔の恋人に会った話を嬉々《きき》としてしてくれて、中身は変わりないのだった。

そして先日、同じく事件物が好きな男性編集者がいろいろな資料をくれたのだが、そこに私も知らなかった大正期の殺人事件が乗っていて、犯人女性が例の彼女によく似ていた。

ところが彼女は、その事件についてだけは何も知らないといいはる。

百年以上も昔の事件で、さすがの彼女も知らなくても不自然ではない。もちろん彼女とは何の関係もないはずなのだが。いや、何かやっぱり関係があるのだろうか。

# 第九十五話　ジャングルオバサン

友達のタクシー運転手は、よく妙な客を乗せる。いや、タクシーの運転手は彼に限らず変な客、怖い客、おかしな客を避けて通ることはできない。どの運転手に聞いても困った客の話はあり、幽霊話より圧倒的に多い。

「数日前も、ヤバい女を乗せましたよ。うーん、志麻子さんくらいの年頃かなぁ。パッと見はそんな変じゃない。地味なちまちまっとしたすっぴん顔におかっぱ、銀縁眼鏡かけて、服装はあまり印象に残ってない。

乗り込むなり、お母さんが倒れて救急車で運ばれた、といいました。だけど肝心の行き先、つまりどこの病院ですかと聞けば、わからないというんです。知ってる人に電話してくださいと頼んだら、バッグのなかをごそごそやりだした。

とりあえず、発進しましたよ。ところがオバサン、取り出したのは携帯やスマホではなく古びたよれよれの大学ノート。開くと、びっしりわけわかんない数字や記号や文字らしきものが羅列してあって。見た瞬間、あっヤバイと感じました。

オバサン、そのノートを見ながら本人にだけわかるらしい文字や数字を読み上げてる。

ところがオバサンの口から、オバサンのじゃない声が出てくる。明らかな男の声、婆さんの声、若い女の声。どこかの誰かと通信して会話してるんです。なんというか、ラジオのチューニング合わせているとでもいえばいいのか。途切れ途切れになり、高く低くなり、急に大きくなったり小さくなったり。とにかく何をいってるかはわからないけど、断片的に日本語だなというのはわかりました。

あの〜、行き先がわからないと困りますと、いったん路肩に停めました。

オバサン、膝《ひざ》の上のノートを見つめながらガオーッとジャングルの獣みたいな鳴き声をあげました。ドアをガリガリひっかいたんで、降りたいんだな、いや、降ろしたいよとドア開けました。そのままオバサン、降りて行きました。

なんか怖いから、後も見ずに走りだしました。その後どうなったかわかんないんですが。

その夜、嫌な夢を見ました。いや、夢を見たってのは違うな。映像としては見てないんです。耳の中、頭の中に例のオバサンのいろんな声が飛び交って響いて、現実には何の音もないのにうるさいーっと眠れなかった。

それで次の日、いつものように車走らせてたら、ジャングルにいる変な獣みたいなものが車の前を走りぬける幻覚を何度か見ました。そいつ、顔だけあのオバサンなんです」

そんな異様なことが二日ほど続いて、今は止まったそうだ。オバサン、お母さんに会えたんじゃないかなと彼はいう。

# 第九十六話 ダイイング・メッセージ

死の間際に血で犯人の名前を書いたり、駆けつけた人に最後の力をふり絞って加害者の特徴を告げたり。現実にも、ダイイング・メッセージを残していた事件はいくつかある。

現実でも物語でも、それがずばり犯人を特定できる場合もあれば、暗号みたいな意味不明の言葉で、遺《のこ》された人が誤読や勘違いをしてますます謎が深まる場合もある。

物語では後者の方が多いし、それがミステリーの主題や山場にもなっている。

私の半分くらいの歳だけれど、いろんな経験を積んだ彼女はこんな話をしてくれた。

「学生時代、貧乏旅行したんです。治安の悪さで知られた中米の某国に行きました。いやほんと、アジアにも治安の良くない地域はあるけど、比べ物になりません。ひったくり、レイプ未遂、スリ、路地裏で銃を突きつけられもしました。

怖いものなしだったんですね～。いえ、本当は怖いんですよ。ひどい楽天家なんですね」

夕暮れ時、安宿の近くの市場に出かけた彼女は、道に迷ってしまった。前日にタクシー運転手に拉致《らち》されかけていたので、もうタクシーには乗りたくなかった。

もともと日焼けして彫りの深い目鼻立ちの彼女は、黙っていれば現地の人に間違えられるときもあった。片言の英語で道を聞いたりしたら、旅行者として狙われる。彼女はできるだけ物慣れた態度を装い、内心の動揺と焦りを隠して歩いた。

そうしているうちに、いつの間にか下町の住宅街に迷いこんでいた。どこも強盗などに備えて、もうシャッターを降ろして門扉を固く閉ざしていた。明らかに彼女を狙っている男がつけて来ているのに気づいたとき、反射的に真横の細い路地に駆け込んだ。

門もドアも開いている家があった。生臭い異臭が鼻をついた。タイルの床に仰向《あおむ》けになった、血まみれの若い男。明らかに死んでいる。息が止まりかけたが、目が釘付《くぎづ》けになった。彼は血まみれの手を伸ばして息絶えているのだが、壁に字を書いていた。

「私の名前なんですよ。中米なのに、ばっちり正しい漢字で書いてました。その男はどう見ても現地の人です。ていうか、まったく見知らぬ異国の人ですよ」

そこから記憶が飛ぶ。気がついたら、安宿の前に戻ってきていた。夢でない証拠に、路地に駆け込んだとき壁にこすった腕の傷があった。

「もしかしたら彼は日本女と付き合ってて、その女の名前だったのかもしれない。でもご存じのように私の名前は、かなり珍しいでしょ。同名さんに会ったことない」

二度とあの国には行くまいと決めた彼女だが、ふと彼を可哀想に思うときがある。

「あんな国じゃ、殺人事件もほとんど未解決、捜査すらしないでしょうね。ほんと、無駄なダイイング・メッセージになりましたね。無念だろうな」

# 第九十七話　バッグの中身

以前、このシリーズにもストリートビューの話は書いたことがある。私に奇怪な手紙や物、困った電波系ファンレター？　意味不明な企画書などを送りつけてくる人達の住所をネットで検索してみたら、平凡極まりない建売住宅などが出てくると。

荒《すさ》んだ雰囲気の貧しげな家より、一見するとごく普通の幸せに満ちた家の方が不気味だとも書いたと思う。こんな手入れの行き届いた花壇や優しげなカーテンに囲まれた部屋に住む人が狂気を発酵させているなんて、と今も嘆息は続く。

その話を読んだという一回りほど若い独身男性が、こんな話をしてくれた。彼は半年ほど前から仕事でとある会社に出入りするようになり、そこで気になる女性ができた。

彼と同世代だから若くもなく美人でもないそうだが、年相応の落ち着きとしっかりした雰囲気と、ぽっちゃりした体つきも彼好みだった。若いときバツイチとなった彼は、その後も何人かと付き合ったけれど再婚にまでは踏み切れないでいた。

「彼女がずっと独身と聞いて、勝手にいい奥さんになれそうと胸を高鳴らせました」

いきなり食事にも誘えず連絡先を交換しようともいえず、なんとかして近づきたい、でも気持ち悪いストーカー扱いされても嫌だなと悶々《もんもん》としていたら、まったく偶然に彼女の机に置いてある私的な郵便物が目に入った。宛先《あてさき》に大きく、彼女の自宅の住所があった。

「それこそストーカーみたいだけど、住所を暗記して帰宅して、ストリートビューで検索したんです。そしたら……志麻子さんの書くもののネタになるの決定しました」

一言でいえば、ゴミ屋敷だった。家そのものはまさに平凡で小ぎれいなのに、庭いっぱいにガラクタが積み重なっている。玄関のドアからもその隣の台所の窓からも、二階の窓からも、ひしめき合うゴミや雑多な家財道具が透けていた。

「会社の人にそれとなく聞いたら、彼氏どころか会社の人との付き合いもまったくなくて、いつもまっすぐ家に帰ってるそうです。もちろん、彼女の自宅を訪ねた人もいない」

ゴミ屋敷には幻滅したが別の興味が湧いて、彼は彼女の家の画像を拡大してまじまじと見つめた。そうして、裏側から見た二階の窓にぼんやりと人影があるのに気づく。

「子どもなんですよ。彼女は結婚歴なし、同居しているお兄さんもお姉さんも同様。後は八十くらいのお母さんだけらしいです。じゃあ、このぼうっとした子どもの影は何だろ」

そして彼はひょんなことから、彼女の以前の勤め先の人に会うことができた。

「会社のロッカーに、変な臭いのするスポーツバッグを放置して問題になったそうです。バッグを持ち帰った後も臭いが取れなかったって。それから彼女は退職して、今の会社に転職したとか。うーん、バッグの中身は……自宅の窓に映ってたものの中身かなぁ」

# 第九十八話

## 彼女の存在感

同い年の彼が学生だった頃の話だというから、もう三十年くらい昔のことになる。彼は北陸地方出身で、東京の大学に進学して一人暮らしをしていた。

故郷には、高校生の頃から付き合っている彼女がいた。彼女は進学せず地元で就職して、親元で暮らしていた。パソコンもスマホもない時代だから、リアルタイムではつながれないし顔も見られないが、家の固定電話で毎日のように話して手紙も書いていた。

「オカルト的な意味合いではなく、純情なラブラブ妄想でもなく、本当にいつでも彼女の存在を感じてました。すぐ隣にいる、ではなく。今、故郷の実家にいる、今は勤め先にいる、っていうのが、常に強くしっかりと感じられてたんです」

彼の就職も決まりかけ、卒業したら結婚をといった話も具体的になっていたのだが。

「裏腹に、その頃から電話しても留守だったり、手紙も来なくなった。電話に親が出て『今、社員旅行中』なんて、ぼくがまったく聞かされてないことをいわれたりしました。

もちろん本人にも、どうして連絡がないのか、どこに行ってるのか、問い詰めましたが。いつも適当にはぐらかされました。心が離れていってるのを、これも体感した」

今でもその瞬間をはっきり覚えています、と彼は強調した。

「友達と居酒屋で飲んでたとき、ピキーンというかパキーンというか、何かがぼくの中で切れた。彼女がいなくなった。存在が消えた。今、家にいない。どこにもいない。そう感じたんです。公衆電話から電話したら、すぐ彼女が出てきました。

だけど、これは彼女であって彼女じゃない、やっぱり彼女はいないとわかった」

後からわかるが、やっぱり彼女には別の男ができていた。そしてその男の子を妊娠していた。その日、彼女は婦人科で妊娠を知り、ピキーンかパキーンの瞬間、彼女は完全に東京の彼と別れて子どもの父親に当たる男と結婚しようと決めたのだ。

それらを告げられたときも、彼は冷静だった。覚悟ができていたのだ。しばらくして彼女が結婚して子どもを産んだと知り合いに聞かされた。当時のことだから、相手の素性も彼女のその後も、まったくわからなかった。双方の親も、何もいわなかった。

彼も彼女を忘れたくて東京で仕事に打ち込み、新しい恋人もできてそちらと結婚した。夫婦仲もよく子どももでき、過去の彼女は青春時代のほろ苦い思い出になっていった。

そんなある日、子どもを近くの公園に連れていって妻とベンチに腰かけていたら、またピキーンかパキーンが来た。妻の向こうに彼女がいる。激しく強く、存在を感じた。

そしてテレビのニュースで、昔の彼女が夫に殺害されたのを知らされるのだ。

「死者になって、つまりこの世からいなくなってから彼女の存在感は戻ってきました」

# 第九十九話

## 入れ替わり

たびたびこのシリーズにも書いてきたが、私はアジア全般が好きで公私ともによく旅に出る。魅力を挙げていけばきりがないが、もちろんほのぼの素敵なことばかりではない。つくづく日本とは違う国だと打ちのめされたり、やはり異国だと衝撃を受けたり。さらに現地に友達ができると、観光客が見聞きしないものに対峙《たいじ》したりする。現地に日本人滞在者の友達ができると、異国に持ち込んだ日本の怖さも実感できる。

年中真夏の某国で会った初老男性は、自分は生きた幽霊だと語った。日本でいろいろやらかし、逃亡してきて十年以上経つ。家族は死亡届を出し、死んだことになっている。死者にはパスポートもビザも不要、ゆえに一周回って自分は不法滞在ではないと笑った。

彼は現地の、親切なとも物好きなともつかない老人の世話になっている。まさに不法滞在者のたまっている集落で、アパートの一室に居候させてもらっている。部屋の掃除や簡単な家事をすることで置いてもらっているそうだ。

部屋の持ち主である現地の老人は、軒先にいつも鳥かごをぶらさげているから鳥じいさんと呼ばれている。鳥じいさんは今年、正確には百二十歳になるそうだ。

せいぜい七十で、とてもそんな歳には見えないのも道理。鳥じいさんは五代目なんだそうだ。初代のというか本物の鳥じいさんが亡くなると、死亡届など出さず遺体は山に埋めたか海に放ったかで、どこからか別のじいさんがやってきて部屋に勝手に居ついた。

つまり、鳥じいさんの戸籍や住民票に相当する書類だけはそのままで、中身のじいさんが代替わりしているのだ。日本から来た彼を住まわせてくれている今現在の鳥じいさんもまた、生きた幽霊といっていいだろう。

「俺がここに来たのは五年前かな。鳥かごの鳥もいつの間にか入れ替わってる。気づかないうちに、死んだのと生きたのを鳥じいさんが取り換えてる。名前はどれもチム。今いるチムも二十代目チムとかじゃないか」

詳細は省くが、私は帰国してからこの日本男性の親族に会えた。死んだものとして異国で生きていることをいうと、親族は首を横に振った。

「いいえ、あの人は本当に死んでます。日本の刑務所内にある病院で死んだんですよ。私は最期を看取《みと》りました。簡単でしたが葬儀もやって、そこにも出ました。

あなたが某国で会った、私の親族を名乗る男。彼は別人ですよ。なぜ私の親族を名乗るのかはわかりませんが、勝手にパスポートとか使ったのかもしれない。あるいは……あなたが会ったのは、本当に彼の幽霊だったんじゃないですかね。

鳥じいさんも代替わりじゃなく初代のじいさんの幽霊、もしくは本当に百二十歳かも」

# あとがき

ついにこのシリーズも十冊目、そして最後となってしまった。そもそもメモとして怖い話の断片を書きとめていたものが思いがけず第一作となり、毎年出していただくのが恒例となり……ついに十年目だ。何事も始まりがあれば終わりがある。

百話目に本物の怪異が訪れるという言い伝えがあるため、すべて九十九話で終えていることと、登場人物や話した人を特定されないよう、微妙に背景や設定を変えてあることをおことわりするのもお約束だったが、最後もきちっと守らせてもらう。

関わってくださった編集部や売ってくださった書店関係の方々、話を提供してくださった有名無名の知人に友達に、たまたま居合わせただけの人達。何より読者の方々に感謝いたします。いや、最大の謝辞は主役たる魑魅魍魎《ちみもうりょう》さん達に捧《ささ》げなくてはならないか。

さて。先日、同じ怪談書きをしている仲良しの女性作家のトークイベントに行った。彼女も実話怪談を得意としているが、私などよりはるかに綿密に取材し追究している。

彼女はツイッターやフェイスブックなどで、怪談を聞かせてほしいと広く呼びかけていて、連絡してきた人から丁寧に聞きとりをしている。その彼女が、こんなことをいった。

「一番困るのが、『夢に死んだおばあちゃんが出てきた。以上、終わり』みたいな話なんですよ。それだけじゃ、実話怪談じゃなくて単なる夢の話でしょう」

たとえば、お母さんもまったく同じ夢を見ていたのがわかった、とか。おばあちゃんが大事に育てていた庭の木に久しぶりに花が咲いていた、とか。

そこから一歩踏みだして、現実とリンクして初めて怪談になるのだ。

シリーズを最初から読んでくださっている方にはおわかりだろうが、今の芸能事務所に入る前に雇っていたマネージャーL美について、前半はかなりしつこく書いている。

ものすごい虚言症で、見た目も中身も言動も物《も》の怪《け》としかいいようがない怪女。とにかく嘘とホラの塊で、今もって彼女の何が真実だったのかわからないままだ。

思えば私は、L美に出会った当初はまさに『夢に死んだおばあちゃんが出てきた。以上、終わり』みたいな話を頭から信じ込み、『すごい実話怪談だ』と震えあがっていたのだ。

ところがだんだん現実にリンクするようになってきて、本物の実話怪談になり始めたあたりで私は怖気《おじけ》づき、L美と離れた。もっとくっついていれば、もっと深みにはまっていれば、もっと強烈な実話怪談が書けたかもしれないが……。

その前に、一話ごとに吹き消すロウソクの炎のように、私の命が尽きたと思う。

とりあえずこのシリーズは終わったが、まったく違うシリーズを始めさせていただくため、新たなネタ探しに這《は》いずり回っている私というのが、最後の怪異かもしれない。

本書は書き下ろしです。

現代百物語《げんだいひやくものがたり》　終焉《しゆうえん》

岩井志麻子《いわいしまこ》

角川ホラー文庫　21001

平成30年６月25日　初版発行
令和６年12月20日　３版発行

発行者――――山下直久
発　行――――株式会社KADOKAWA
〒102-8177　東京都千代田区富士見2-13-3
電話 0570-002-301（ナビダイヤル）
印刷所――――株式会社KADOKAWA
製本所――――株式会社KADOKAWA
装幀者――――田島照久





ISBN978-4-04-106897-7 C0193

# 角川文庫発刊に際して

角川源義

第二次世界大戦の敗北は、軍事力の敗北であった以上に、私たちの若い文化力の敗退であった。私たちの文化が戦争に対して如何に無力であり、単なるあだ花に過ぎなかったかを、私たちは身を以て体験し痛感した。西洋近代文化の摂取にとって、明治以後八十年の歳月は決して短かすぎたとは言えない。にもかかわらず、近代文化の伝統を確立し、自由な批判と柔軟な良識に富む文化層として自らを形成することに私たちは失敗して来た。そしてこれは、各層への文化の普及滲透を任務とする出版人の責任でもあった。

一九四五年以来、私たちは再び振出しに戻り、第一歩から踏み出すことを余儀なくされた。これは大きな不幸ではあるが、反面、これまでの混沌・未熟・歪曲の中にあった我が国の文化に秩序と確たる基礎を齎らすためには絶好の機会でもある。角川書店は、このような祖国の文化的危機にあたり、微力をも顧みず再建の礎石たるべき抱負と決意とをもって出発したが、ここに創立以来の念願を果すべく角川文庫を発刊する。これまで刊行されたあらゆる全集叢書文庫類の長所と短所とを検討し、古今東西の不朽の典籍を、良心的編集のもとに、廉価に、そして書架にふさわしい美本として、多くのひとびとに提供しようとする。しかし私たちは徒らに百科全書的な知識のジレッタントを作ることを目的とせず、あくまで祖国の文化に秩序と再建への道を示し、この文庫を角川書店の栄ある事業として、今後永久に継続発展せしめ、学芸と教養との殿堂として大成せんことを期したい。多くの読書子の愛情ある忠言と支持とによって、この希望と抱負とを完遂せしめられんことを願う。

一九四九年五月三日

# 現代百物語

## 岩井志麻子

**稲川淳二さんも恐怖！　現代の怪談実話**

屈託のない笑顔で嘘をつく男。出会い系サイトで知り合った奇妙な女。意外な才能を見せた女刑囚。詐欺師を騙す詐欺師。元風俗嬢が恐怖する客。殺人鬼を取り押さえた刑事。観光客を陥れるツアーガイド。全身くまなく改造する整形美女。特別な容姿をもっていると確信する男女たち……。いつかどこかで耳にした、そこはかとなく不安で妙な話。実際に著者が体験、伝聞した実話をもとに、百物語形式で描く書き下ろし現代怪談！

角川ホラー文庫

ISBN 978-4-04-359606-5

# 現代百物語 嘘実

岩井志麻子

## これは、あなたにも起こりうる実話

さらりと驚くような都市伝説を語る女。芸能界との繋がりを自慢する主婦。人を殺しかけた体験を語る男。雑誌に殺人事件をタレこむ女。凄絶な不良少女と友達だと吹聴するお嬢様。過去をなかったものにする風俗嬢。だますつもりのない簡単なホラを吹く女……。人が嘘をつく背景には、どんな心の闇があるのか。著者の身の回りに実在する話を元に、現代人の虚実を暴き出す、書き下ろし百物語、大好評シリーズ第２弾！

角川ホラー文庫

ISBN 978-4-04-359607-2

# 現代百物語 生霊

## 岩井志麻子

**生きている人間が恐ろしい。**

普段から恨みを買っていた不良女の交通事故。共依存する母子がお互いに抱く心の闇。いじめっ子の少年が落ちた陥穽。相性の悪いアシスタント同士の意外な関係。妻子ある男に恋した姉妹の相剋。実話になってしまった創り話。そして著者の肩に四十肩のように重くのしかかる生き霊……。意識、無意識のうちに身内や他人に対して抱く想念が、嫉妬や恨みとして顕在化するとき、生き霊となるのか？大好評実話怪談第３弾！

角川ホラー文庫

ISBN 978-4-04-359608-9

ISBN 978-4-04-100347-3

# 現代百物語　妄執

岩井志麻子

## 知ってはいけない事がある

刑務所で病に伏せる罪人に高額な医療費を送りつける逆・死神。古書店で入手した一般人の日記帳に綴られた壮絶な書き込み。ファンから著者に贈られた鍵と簡素な地図。女性ライターの股間に憑いたインチキ霊能者の生霊。どう考えても腑に落ちない、霊とも人間の仕業とも解釈できない出来事から、人間の強烈な悪意や剝き出しの狂気まで。平穏な日常を不安に陥れる99話を収録。知ってしまったことを後悔する、これが現代の怪異譚！

角川ホラー文庫

ISBN 978-4-04-103017-2

# 現代百物語 因果

## 岩井志麻子

**因果に満ちた99話**

ダイヤが原因で滅びてしまった一家。夫が妻に語ったある夏の出来事。後輩に対して威圧的な振舞いを続けた男の末路。混線した電話から小さく聞こえる誰かの会話。欲望に支配された人の心の闇は深い。その闇が引き起こすさまざまな怪異におののくと同時に、同じような業に自分自身が囚われていることにふと気づかされる……。善悪の行為が因となり、その報いが身に降りかかる！　恐怖がふつふつと臓腑に涌く現代怪談第８弾！

角川ホラー文庫

ISBN 978-4-04-104338-7

# 現代百物語 不実

岩井志麻子

**語れども尽きぬ百物語。**

「自殺した彼女の人生を代わりに生きてます」――滔々と壮絶な体験を語る作家志望の女。傷害事件にまで発展した気まぐれな作り話。芸人が体験した3つの謎と符合する実際の陰惨な話。息を吐くように嘘をつき、偽りに偽りを重ねた不実な人々は、やがて虚妄で邪悪な世界に巻き取られていく……。人の語る「真実」とは、その真贋の証明がどれほど難しいか。真実と虚偽のあわいに生じた怪異譚を99話収録した現代怪談第9弾！

角川ホラー文庫

ISBN 978-4-04-105606-6

ISBN 978-4-04-359602-7

# 岡山女

## 岩井志麻子

### 濃密な文体で描く彼岸と此岸

——左目が疼く。また、どこかで死霊が騒いどるんか。妾として囲われていた男に日本刀で切り付けられ、左目と美しい容貌を失ったタミエ。代償に手に入れたのは、暗い眼窩に映る禍々しい死者の影だった。やがて「岡山市内に霊感女性現る」と新聞でも取り上げられ、タミエの元に怪しい依頼客たちが訪れるように——。隻眼の女霊媒師を主人公に彼岸と此岸の間を体感する怪奇小説の白眉。



ISBN 978-4-04-359603-4